Payback
PAYBACK

Paid Payback

PAID PAYBACK

橫跨幾個街區的一整片區域，已經變成工地將近一年了。因為是造鎮的大工程，這裡總是人手不足，只能先鋪出崎嶇不平的路，再分區整地、建造房屋。

摩天大樓高聳入雲的鷹架，在幾公里外也能清晰看見。工程雖然進展迅速，高層卻不甚滿意。2-21區也一樣，每週都有幾十個新人從人力派遣公司來到這裡，但即便有著包吃包住的優越條件，工作一週後卻總是只剩一、兩人。

應徵苦工的人雖多，但這裡的薪資比其他地方高是有原因的。若想加快工程進度，工作量想必極大，意外也十分頻繁。尤其是2-21區，事故發生率是其他區域的兩倍。當然，工作進度也是其他區域的兩倍。

「拜託不要錄取白痴，你知道今年已經出事幾次了嗎？」

忍無可忍的工地主任發了句牢騷。只不過，聽他說話、年約五十歲中旬的工頭，卻只是默默做著自己的工作。

「你錄取的人至少要聽得懂哪些事不該做、哪些地方不該去啊。」

這次同樣沒有得到任何回應。工地主任可能是生氣了，忍不住低聲警告。

「要是今年再出事，我就開除你。」

「那就開除啊。」

什麼？工地主任懷疑自己耳朵的同時，眼前的人又重複了一次。

「我叫你開除。」

「我說你……」

「開除啊。」

工頭抬起目光，瞪向工地主任。工地主任一語不發，嚥了口口水。工頭的眼神和以往完全不同，以前總是由上而下、一副目中無人的樣子，現在卻全神貫注盯著自己，甚至帶著一股駭人的殺氣。喀噠，工地主任後退一步，才終於想起幾個月前離職的前手所說的話。

「如果想平安回到總公司，聽工頭的話就對了，絕對不要和他起衝突。」

據說工頭在這一行是個名人，已經承包工程和管理人力超過二十年了，完工速度比誰都快。尤其是追隨他的十幾個工人，做事比任何人都可靠，所以工頭團隊收取的金額也比其他工班多。

儘管工頭木訥又難以親近，但幾個月來都沒有出任何問題。畢竟工安事故也算是家常便飯，公司反倒對 2-21 區的施工進度非常滿意。這裡是高層特別關注的區域，不過，這個月有個新加入的工人喪命了。繼年初之後，這已經是第二起死亡事件。

出了兩條人命後，公司曾找工地主任興師問罪。嚴格來說，出事應該由承包的工頭負責，但地方報紙報導了那起事故，讓公司頗為不滿。比起工地主任，公司更看重工頭的意見，他怎麼就不小心忘記了前手的忠告呢。此刻看著眼前的工頭，他後悔了。只見工頭舉起了手中的巨大鐵錘——

「這樣你鐵定會開除我吧。」

呃啊——！

辦公室傳出一聲慘叫。臨時搭建的休息室裡有四個工人正在休息，其中三人對於慘叫無動於衷，僅有一個剛加入幾個月的新人好奇地看向辦公室。

「好像發生什麼事了？」

「哪會有什麼事？」其中一個人冷冷說完，又笑著繼續說道：「一定是白痴的工地主任在耍白痴。」

來到這裡的工地主任每個都是白痴，而且總是在惹毛工頭後，才發現自己是個白痴。辦公室傳出慘叫後便陷入一陣靜默，幾個月前剛來就任的工地主任現在應該清楚了，在這個地方，誰都不能對工頭發號施令，即便是雇用工頭的公司也一樣。這時，門外傳來了車子的引擎聲，那是每天早上固定會聽見的熟悉聲響。擠滿一整車的工人要準備下車了。

「這批傢伙有人能撐過一個月嗎？」

最晚加入的老么問道。他像鴨子一樣伸長脖子，觀察窗外。

「沒有。」

回話的，是個身穿軍褲的男人，據說他已經在工頭底下待了五年。看起來像退伍軍人的他，是這裡資歷第二老的。而在工頭底下工作最久的，是個綽號叫「聖誕老人」、年約五十歲出頭的男人。聖誕老人是工頭的左右手，一直對他言聽計從，雖然個子矮小，同事們卻不敢小看他。

「不會吧，至少要有一個吧。」

聖誕老人開口提醒，自從老么加入後，就沒人能撐過一個月了。退伍軍人一邊伸長脖子掃視剛下車的二十幾個人，一邊搖頭。

「我看今天來的這批好像還是沒指望。」

「那個鬍鬚男怎麼樣？看起來滿有毅力的，應該能撐一段時間。」

願意苦苦支撐這份工作的原因只有一個——錢。缺錢的人即使流血受傷，隔天仍會纏著繃帶來上班。

「撐個屁啊，看他穿的衣服，先前應該過得不錯。就算再怎麼有毅力，沒做過苦工的傢伙過一週就會哭哭啼啼不來了。人一旦輕輕鬆鬆賺過錢就回不去了，那傢伙最多就撐十天吧。相較之下，我倒覺得最後面看起來像大力士的傢伙能撐更久，感覺他本來就是做工的。我要賭那傢伙。聖誕老人，你賭誰？」

話題自然而然演變成一場賭局，聖誕老人也隨意地挑了一個人選。

「綠衣服的。」

「他看起來年紀偏大耶？」

「那傢伙是能做的工作都嘗試過以後，才淪落到最底層的。他已經無處可去了，應該能在這裡撐挺久的。吸管，你呢？」

聖誕老人問了那個一直沒出聲的人。年紀落在四十歲中段的他，衣服骯髒破爛，看起來像個街友。聽說他之前真的是街友，不過現在已經跟隨工頭三年了。他總是沉默寡言，卻相當了解這裡的生存方式，也知道如果不回答聖誕老人的問題，就會被他盯上。他抬起目光看向窗外，凝視片刻之後，伸手指向其中一人。

「……那小子。」

「哪個？黑色棒球帽？」

吸管點點頭，再次垂下目光。三人盯著吸管指的那個人，一陣冷嘲熱諷。那個人是個外表乾乾淨淨的年輕小伙子，看起來有點像大學生。力氣看似頗大，但這份工作不是力氣大就能做得來，他肯定不到一天就會落跑了。不，說不定能撐到第二天。

——不就是個小屁孩嗎？

某人說完後，三人一同嘻笑出聲。他們再次開始閒話家常，不過吸管的目光依舊停留在那個人身上。那個人抬起頭，露出帽簷底下的黑色眼睛。他不是小屁孩。雖然年輕，卻並非不諳世事的孩子——吸管是這樣感覺到的。

那天晚上，工作一整天、疲憊到了極點的新人，紛紛來到貨櫃裡的臨時宿舍。不過，進到宿舍的他們卻不敢輕易靠近床邊。在他們眼前，是密密麻麻排列、上下交錯的床鋪。

白天的酷熱在貨櫃中持久不散，在惡臭與悶熱的迎接下，讓人完全沒有想走進去的欲望。這裡根本是納粹集中營吧？身體累到連動動手指的力氣都沒有，他們原本希望下班後能好好休息，卻發現宿舍竟宛如地獄。

幾個勇者率先走了進去。他們放下背包占領窗戶附近的床位後，剩下的人也跟著往裡面走。骯髒的床單無從分辨上一次清洗是什麼時候，一堆飛蟲被燈光吸引了進來，在四周嗡嗡飛舞；而搖搖欲墜的床板只要稍微翻身，就會發出彷彿即將塌陷的嘎吱聲響。就算再怎麼疲憊，也沒有多少人能安心躺在那種床上。

「幹，這未免太過分了吧？」

一個人率先抱怨後，其他人才接二連三開口。

「在這種垃圾堆裡到底要怎麼睡？」

「媽的，在這裡沒被蒸熟就要偷笑了吧。」

貨櫃本就宛若濕悶的熱帶雨林，再加上人們呼出的熱氣，更是加倍令人窒息。不過，人們的憤怒顯然來自另一個原因。

「幹，一群混帳東西，明明扣了我們那麼多錢！」

這些人簽了合約，同意從一週後領取的薪水中扣除住宿費。合約條款說明會提供午餐，不過早餐、晚餐和住宿都必須額外繳交費用。現在正值炎夏，他們一路從清晨施工到下午，收工後，臉上甚至殘留著汗水被曬乾的白色鹽粒。

他們認為，與其拖著疲憊的身體離開，不如直接睡在工地的宿舍。疲倦的時候連走幾步路都嫌麻煩，與其浪費幾十分鐘往返，支付和摩鐵差不多的費用直接睡在工地也是滿划算的選擇。但看著此情此景，就算再怎麼疲憊，當初都應該到外頭睡覺才對。現在不僅又煩又悶，還被虎視眈眈想吸血的飛蟲害得精神耗弱。

「幹，我還不如直接睡在地上！」

有個人忍無可忍，從床上起身走出貨櫃，卻在踏出大門前又倒退幾步走了回來。聖誕老人和他的三個伙伴從入口走了進來，他兩手空空，後頭的三人卻各自拿著角材和錘子。

「我勸你們最好乖乖睡在指定床位，畢竟沒人知道半夜工地會發生什麼事。」

聖誕老人說完，無人敢吭聲，而那個想出去的人卻神經質地回嘴。

「那我睡在工地外面總行了吧？讓開，我要出去。」

聖誕老人一行人動也不動，新人試圖推開他們走出去。然而，這次他依然沒有如願。一陣鈍器敲打和慘叫聲倏地傳來，想要硬闖的新人捂著臉倒在地上。彷彿接獲某種命令，待在聖誕老人身後的退伍軍人揪住倒地男人的衣領，再次揮拳。一拳、兩拳、三拳……起初還會反抗的男人無力地垂下頭顱，退伍軍人才終於起身，他的拳頭和地板都被鮮血沾濕。

「如果想在這裡工作，就乖乖遵守合約，不願意配合的話，離開的機會只有現在。」

聖誕老人側身讓出一條通道。見狀，一群人拿起背包，匆匆忙忙離開了貨櫃。儘管損失了一天的薪水，為了保命還是趁現在先溜為妙。但還是有些人想再撐一下，即使宿舍破爛、工作也比其他地方繁重，可賺到的錢也相對較多。

早上來了二十幾個新人，最後只剩下六個。聖誕老人掃視著留下來的人，穿著綠衣服的男人依然坐在床上。早上的賭局是他贏了。聖誕老人以為自己再度取得勝利，忍不住露出滿意的笑容，但那笑容卻在看見某人時徹底僵住。還有另一個被下注的對象也留了下來。在最後一張床的下舖，躺著一個已經睡著的人。這時，老么在一旁咕噥。

「那不是吸管選的小鬼頭嗎？」

「吸管選的？」

對。聖誕老人點頭回應了工頭的疑問。

「吸管打賭從來沒贏過，看來他這次特別走運。誰能料到那個小鬼頭居然撐過了一週？」

「吸管啊。」

「那是他矇到的吧。」

一個乞丐才不可能事先看出什麼端倪。聖誕老人忍不住嘲笑，卻還是不時偷瞄工頭的表情。工頭瞇起眼睛，似乎很在意這件事的樣子。他偶爾會像這樣，對吸管的言行舉止展露興趣。

聖誕老人不禁懷疑，那種腦袋空空的乞丐明明沒什麼用處，為什麼工頭會表現出那種反應？從一開始錄用乞丐的時候，他就覺得奇怪了。乞丐在這裡待了很久，工作表現卻沒有特別突出，還因為習慣街友生活，全身骯髒發臭，甚至話少到被人以為聲帶有問題。

雖然現在聖誕老人發問時，他會勉強回話，但那也是經過一番教育才達到的效果。當然，動手修理他不全然是為了教育他，聖誕老人更希望這個臭乞丐自己滾蛋。但臭乞丐直到現在仍賴在這裡，反倒由於待習慣了，叫他做什麼都做。

若要說起沒有改變的人，就只有工頭了。他從看到吸管的第一眼開始，就一直對他有著濃厚的興趣。聖誕老人也曾懷疑工頭本來就認識吸管，但奇怪的是，吸管根本不認識工頭。

「好好盯著小鬼頭。」

工頭下令完就離開了。居然要我盯著小鬼頭？這還是工頭第一次因為有新人撐過一星期，就下令盯好他。這一定又是吸管的關係，因為那是吸管選中的傢伙。難道那個乞丐真的藏著什麼祕密？

聖誕老人搖搖頭。他修理乞丐時，已經聽過乞丐的生平故事好幾次了。據說他原本平凡地長大、平凡地結了婚，卻因遭到公司開除，加上父母生病欠下一屁股債，最後成天借酒澆愁。妻子受不了他每天酗酒，向法院訴請離婚後，便帶著孩子離開了家。

在那之後的事情可想而知——他最後只能流落街頭。當了幾年流浪漢後，因為肚子太餓，偶然看到工地徵人而前來應徵。雖然確認過他的故鄉、學校和公司，可沒有任何一個地方和工頭有關。

更重要的是，吸管只將工頭視為一個恐怖的存在，對他沒有一絲一毫興趣。若想了解更多，就必須轉而打聽工頭的身世，但那是不可能的。沒人知道工頭的過去。不過，他二十幾歲時，一個人掀翻整個組織並隻身逃亡的事蹟，像傳說一樣流傳至今。

可能是這個緣故，儘管身分幾經轉換，但若有人問起，他也不會否認，甚至會在喝酒時不經意提起，輕描淡寫地說著自己屠殺一整晚的豐功偉業。不過，也就僅此而已。

沒人知道他此前從何而來，又做了些什麼。聖誕老人翻遍工地附近，終於找到了吸管。

吸管不喜歡和人相處，所以會在大家入睡前自己躲起來小睡一會兒。這一次，他也和乞丐沒什麼兩樣，直接躺在髒兮兮的地板上。但他的耳朵很靈，可能是聽見了腳步聲，聖誕老人都還沒靠近就猛然坐起。他揉著布滿汙漬的眼角，睡眼惺忪地發現是聖誕老人後，便縮起了肩膀。

「恭喜你。」

聖誕老人說完，吸管一臉茫然地抬起目光。

「你贏了這次的賭局。」

「賭局？」

看吧，這個乞丐連自己做了什麼都不知道。吸管只是隨便選了一個人，一定是工頭太敏感了。吸管連自己選的人贏了都不記得。

聖誕老人把一個裝了幾包菸的袋子丟到他腳邊。

「你選中的小鬼頭撐了最久。」

喔……吸管似乎這才終於聽懂他的意思，彎下腰將散落一地的香菸裝回袋子，寶貝地握在手中。直到發現聖誕老人仍站在自己面前，他再次抬起頭，而聖誕老人看著他，咧嘴一笑。

「恭喜你。」

「……」

「我說恭喜你。」

緊張吞嚥口水的聲音傳了過來。吸管將手上的袋子遞還給他。

「我、我不需要香菸，你要抽嗎？」

「幹嘛這樣？你又不是一定要給我，你不是也抽菸嗎？」

「……我正在考慮戒菸。」

「這樣啊？明智的選擇。」

聖誕老人取回袋子。只是湊巧被這種乞丐看上的傢伙，一定也沒什麼看頭，那個小鬼頭頂多再撐幾天就會滾蛋了吧。他轉過身，再次祝賀吸管。

「恭喜你。」

「稱得上工頭左右手的一共有四個——聖誕老人、退伍軍人、老么，還有吸管。」趁休息時間聚在一起的工人們閒聊著。他們在這裡工作的時間短則一週、長則超過數月。在所謂的地獄中生存下來的這些人，平時不常交談，因為就連呼吸、吃飯或睡覺都是勉力支撐，法定工時與他們毫無關係。

看似站在他們這邊的工會也只會假借會費的名義，扣除他們一部分的薪水，除此之外，從未表示過任何關切。這些人是為錢而來，留下來的人只能咬牙苦撐。但在熟悉這份工作後，他們終於有空檔聚在一起聊天了。在這裡工作的好處，是只要完成當天的工作量就可以下班；壞處則是工作量多到即便再怎麼老練，都絕不可能在上班時間內完成。

「不是還有其他人嗎？像護衛隊一樣、圍在工頭身邊的那些傢伙。」

某人提問後，一開始說話的人搖了搖頭。

「那批人經常換，我聽在這裡工作過幾個月的傢伙說，固定班底就那四個，他們才是真正的手下，其餘的都只是炮灰。」

炮灰？對，炮灰。說話的人點點頭，壓低聲音。

「你們知道為什麼入夜後，他們就不讓人離開宿舍嗎？是工地，他們怕我們跑去工地。你們應該有注意到吧？工地晚上會出事，我已經在地上看到血跡好幾次了。」

大家紛紛點頭。不過，他們絕對不能表現出知情的樣子。合約裡有項條款規定，絕對不得洩漏在工地的所見所聞。他們一開始也曾納悶，明明不是執行間諜任務，只是到工地做工，為何要加上這種條款。但由於錢給得夠多，他們也就沒再多想。

然而，工作一陣子之後，他們還是隱約察覺晚上的工地——尤其是工頭負責的區域——會發生其他事情。人們並非僅因血跡而起疑，許多人都曾在半夜撞見車輛駛入工地。

「晚上能在工地做什麼？這裡每天都長得不一樣耶。」

「如果是非法勾當，沒有其他地方比這裡更合適了。」

非法勾當？哪種？眾人再次側耳，男人也開始解釋，並將聲音壓得更低。

「不知道，但我曾經在晚上看過一臺車開進來，而且沒開車燈。我本來想偷偷跟在後面，卻又打消了念頭，但有另一個人跟過去了。」
「跟過去的那個人怎麼說？」
「什麼都沒說，因為他死了。」
「死了？」
「嗯，他跟過去的隔天，就在工地意外身亡了。」
聽聞此言，眾人不約而同嚥了口口水。前陣子死掉的新人？那場意外事故本來就充滿謎團。他在一個不是自己負責的區域墜落身亡，也沒人知道他怎麼會在清晨獨自爬到那麼高的地方。所以說，那不是意外，而是工頭……
喀噠。
背後突然傳來腳步聲，把大家嚇了一跳。一個與他們一起工作過的人走過嚇傻的眾人面前——總是面無表情、默默埋頭幹活的小鬼頭。他到底是什麼時候出現的？該不會聽到我們說的話了吧？但無人上前詢問，他們都不想太過接近那個小鬼頭。其中一個人看著走遠的他，靜靜開口。
「那傢伙一定也有什麼故事。」
一批新來的工人進入貨櫃後，由聖誕老人帶頭的一行人，如例行公事般跟了進去。這天沒人反抗，第一個挺身而出的人挨了一拳便立刻後退，事情便也平淡地落幕。轉眼間，貨櫃又變得空空蕩蕩。

「最近的新人一批比一批弱，之後來的傢伙別說一個月了，有人能撐過一週嗎？」

聖誕老人擺出臭臉，這次的賭局無人獲勝。

「是不是應該改賭今年會不會出現撐過一個月的人？」

退伍軍人反問時，一旁的老么插嘴道。

「一個月的話應該有。」

什麼？兩人同時轉過頭。老么露出「你們真的不知道嗎」的表情，指向另一個用來當宿舍的貨櫃。

「吸管選中的小鬼頭已經工作三週了。」

兩人好像真的不知情，互相看了一眼，又轉頭看著老么。

「那小子還在？」

「對。」

「我沒看到。」

「他真的在。他負責我這個區域，我每天都有看到他。」

那小子居然已經來三個多星期了……兩人依舊一臉不敢相信的樣子。見狀，老么聳了聳肩。

「那小子的確不太顯眼。他不怎麼說話，也不和別人互動，只知道一直埋頭工作。」

「……」

「我跟他講過幾次話，他絕口不提自己的事，我總覺得他是闖了禍，才會來這裡工作。而且應該不是一般的小事。該怎麼說呢？有一種他曾經犯下大罪的感覺？這小子的眼神不簡單，即使我給他下馬威，他也沒有畏縮或迴避目光。話雖如此，他又不會脾氣暴躁……」

老么似乎對小鬼頭觀察十分仔細，一直滔滔不絕地說著，隨後卻被聖誕老人不耐煩地打斷。

「他工作做得怎麼樣？」

「非常棒。他的頭腦好像不錯，交辦的事情都不會再問第二次，很迅速就能完成……」

「不，我的意思是，他像是做過這種工作的人嗎？」

被聖誕老人一問，老么歪了歪頭。

「這個嘛，他一開始連簡單的工作都要問，感覺應該沒做過。怎麼了嗎？」

「你看過他和吸管講話嗎？」

「吸管？沒有，他們工作區域不一樣。怎麼了嗎？」

這次聖誕老人依舊沒有回答。他往前走了幾步，走進小鬼頭待的宿舍。見聖誕老人走了進來，屋內眾人立刻神情緊張地望向他。大部分的人只在這裡工作一個多星期，但也足以了解聖誕老人一伙人了。

他來幹嘛？又想抓走誰？聖誕老人在門口默默張望，大部分的人都轉過頭迴避目光。幸好他沒說什麼，只是朝著躺在裡面的小鬼頭走去。即使待在宛如熱帶雨林、悶熱得令人窒息的貨櫃中，小鬼頭依舊閉上眼睛呼呼大睡。

匡！

聖誕老人踹了一下床架。小鬼頭睜開眼睛，但他並沒有茫然地睡眼惺忪，也沒有一臉驚恐地看向對方。老么說得沒錯，這小子不簡單。儘管他的目光不帶殺氣，卻也沒有迴避。像這樣會默默直視對方的人，反而才更應該小心。

「你出來。」

聖誕老人撂下一句話後便轉過身，並聽見有人跟上來的聲音。不久後，聖誕老人和他帶來的五個男人一起迎接了小鬼頭。小鬼頭仍毫無畏懼，即使圍住自己的這群人各自拿著一根鐵棍。這一刻，聖誕老人第一次改變了計畫。原本是為了報復賭輸的事，打算平白無故毒打小鬼頭一頓，逼他自己離開。可一看見這小子的眼睛，他突然改變心意了，認為不能輕易把這小子放走。

「你有兩個選項。第一，被活活打死，再被人抬離這裡；第二，被打到半死不活，然後繼續賴在這裡。」

小鬼頭打量著自己面前的人。他沒有追問原因，也不好奇自己為何突然被叫出來、又為何要挨打，只是覺得有點麻煩。

「第三，把你們解決掉，趕快回去睡覺。」

當小鬼頭的消息傳入工頭耳中，已經是一週後了。

「工人一直換，都是那個小鬼頭害的，那小子是個狠角色。因為他的關係，我們有四個人不能工作了。那小子怎麼有辦法每天都赤手空拳纏鬥，隔天清晨還繼續到工地工作？」退伍軍人觀察著工頭的反應，繼續說：「我不知道聖誕老人為什麼突然對他出手，但他似乎惹錯人了。」

「……」

「換作是我，會把我們的人全部帶去，一口氣送那小子上路。我搞不懂聖誕老人為什麼只帶五個人過去，讓那個小鬼頭有機會抵抗。」

退伍軍人又瞄了工頭一眼。他正打磨著大型切斷機的刀片。他向來喜歡親手保養自己愛用的工具。

「如果你多派一點人給我，我可以親自把他處理掉。」

退伍軍人悄悄試探，一邊緊張地嚥了口口水。他曾經見過幾個人只因對工頭說錯了一句話，便在一夕之間消失無蹤。這是一步險棋，如果順利的話，就可以藉機取得他的信任；可一旦出了差錯，那就徹底完蛋了。這時，工頭終於開口。

「吸管呢？」

吸管？找吸管做什麼？退伍軍人被完全無關的問題嚇了一跳，沒能立刻回應。

「吸管怎麼樣了？」

「吸管和平時一樣，但為什麼要……」

「那就別管他了。」

就只有這樣而已？退伍軍人明白對話已經結束，不太情願地走出工頭的辦公室。吸管啊……聖誕老人曾經注意過吸管幾次。雖然知道是工頭的緣故，但直到現在他才明白，聖誕老人為何有那種感覺。工頭和吸管究竟是什麼關係？唯一能夠確定的是，只要好好利用小鬼頭，應該就有機會查出來了。

過去一整週，小鬼頭的臉沒有一天是完好的。他本就沒什麼朋友，還因被工頭盯上的傳聞滿天飛，最近甚至都沒人敢靠近他。實際上，他每晚都被聖誕老人叫出去。據偶然撞見的人所說，他赤手空拳和五個手持鐵棍的人纏鬥。

纏鬥？不是單方面挨打嗎？大家都不相信目擊者的說法，不過，小鬼頭平安無事便是最有力的證據。儘管臉上帶傷，他每天早上依舊準時出現在工地。要是他真的被手持武器的五人打得半死不活，不可能像平常一樣行動自如。沒過幾天，又有幾個目擊者給出相同的說法，而傳聞也悄悄改變——小鬼頭是個怪物。

「即使挨打，他還是纏鬥到最後？」

對。回答了工頭的問題後，聖誕老人繼續說道。

「吸管和他好像沒有任何關係，他根本不在乎那個小鬼頭。」

「……」

「我很欣賞那小子。」

這是真的，聖誕老人真的很欣賞他。他不僅眼神平靜地盯著攻擊自己的傢伙，即使被打倒在地，也會像無事發生一般自己重新站起來。更何況他是吸管選中的人，或許還能藉此刺激到工頭，查出他與吸管的關聯。

「所以呢？」

工頭靜靜盯著聖誕老人，聖誕老人極力忍住想要迴避目光的衝動。

「我想把他收為手下。」

「你對他了解多少？」

「我只知道他急需用錢。」

就只有這樣而已。雖然不清楚小鬼頭為何像個亡命之徒般來到這種地方工作，但他需要錢。就算他曾經吸毒、偷竊或殺人也無所謂，要拉攏迫切需要某種東西的人十分容易，如果對方需要的是錢，更是再簡單不過。

「叫那小子過來。」

走出辦公室時，聖誕老人開心地笑了。可以將小鬼頭占為己有了。

所有人都需要錢。儘管需要錢的原因各有不同，但那又何妨？他們的目的到底是殊途同歸。來到工頭底下工作的這些人，都是急需用錢的人。工頭也從來沒有過問他們為什麼需要錢。

不過，見到小鬼頭之後，他第一次興起了好奇心。這小子為什麼需要錢？就和聖誕老人說的一樣，他需要錢，即使挨打也要繼續工作，並且今天正好是發薪水的日子。要是打完架一走了之就拿不到錢了，所以才一直堅持到今天。

不過，即使死命堅持到領薪水的日子，他也沒有表現出任何想要拿到錢的迫切。缺錢的人通常會散發一種濃厚的氣息，無論是焦急還是不安，工頭都能嗅出他們對金錢的渴望。

可小鬼頭沒有散發任何氣息，也沒有任何一絲渴望、焦急或不安。即便如此，他還是因為缺錢而來到這裡，他的行為與動機是脫節的。儘管一直有股不祥的預感，感覺和他拉近距離會惹出問題，卻又忍不住好奇。

「工程原料款項被人偷了，損失非常慘重。」

來領薪水的小鬼頭聽完工頭說的話，並沒有任何反應，似乎只想領完自己該領的錢就離開。工頭朝著辦公室的窗戶一指，門被打開，一群人走了進來。

「要先揪出小偷，我才有辦法發薪水。幸好有人出面作證，我已經找到犯人了。」

小鬼頭回頭一看，每晚和他纏鬥的幾個人正站在他身後，手上拿的不是鐵棍，而是長刀。

「你不好奇犯人是誰嗎？」

「是誰？」

「就是你。」

「……」

「犯人就是你，嚇到了嗎？」

即使沒有得到答覆，也能感覺到他並不驚訝。被人栽贓，說他偷了一個自己根本沒偷、也根本沒失竊的東西，他依然不為所動，只是這樣反問。

「我的錢呢？」

「我也想問你，我的錢呢？我要先拿到你這傢伙偷走的原料費。」

工頭向他索要了必須在工地工作好幾年才能賺到的鉅款，繼續說道。

「馬上把錢拿到我面前。」

小鬼頭再次回頭，守門的人們咧嘴一笑，舉起長刀。喀啦。抽屜被拉開的聲音倏然傳來，小鬼頭把頭轉了回去，看見了工頭手中的短刀。比起身後那些人拿的長刀，工頭手裡的凶器顯得十分小巧，卻莫名散發更加危險的氣息。那把短刀看起來意外眼熟，工頭將它在手中把玩，手指在鋒利的刀刃上輕輕拂過。

「把我的錢拿來。」

工頭用他特有的低沉嗓音，不帶抑揚頓挫地說著。他早就料到小鬼頭的反應了。那種傢伙根本不懂低頭，他們向來受年輕氣盛的高傲自尊裹挾，在遭受委屈時，會衝動地挺身而出。

那些小鬼頭總要浪費許多時間，才會發現自己的無能。不過一旦他們低頭，馴服起來就容易多了。至於那些上了年紀、變得精明的傢伙，被歲月刻劃的皺紋裡總是暗藏心機。而工頭最討厭的，就是居心叵測的那種人。

其實眼前的小鬼頭在他這個年紀算是非常能忍了，所以工頭想挑戰他的底線、想看年少輕狂的他意氣用事。要達成目的也很簡單，只要讓他意識到情況有多麼嚴重就好。

「沒交出我的錢，你就別想離開。你要待在我手下做牛做馬，不管要花一年還是十年，在你把錢全部吐出來之前，哪也別想去。除非你不想活了，才有可能擺脫我，那我會把你的屍體送回家。」

小鬼頭沒回話。工頭悠閒地坐著，抬頭看他。

「我給的報酬不差。」

「你可以給我多少？」

看看這小子？還以為他會多拒絕幾次呢。原以為小鬼頭可能會一拳揮過來，他的聲音卻十分平靜。

「那就要看你有多缺錢囉。如果你真的需要錢，我可以提供你一些額外的工作。只不過，那種工作不是誰都能做，需要資格。」

「什麼資格？」

「不能有良心、同情心或罪惡感之類的。」

「……」

「你認為自己符合資格嗎？」

小鬼頭沒有回答，但並非出於恐懼或想要否認。工頭感覺這小子和自己是同一種人。那他為什麼會猶豫？答案大概就是他想在工地賺錢的原因吧。

「還是你雖然符合資格，但正在培養你原本沒有的良心？」

工頭毫不留情地嘲笑，似乎這才明白那小子的真正目的。那傢伙想要作出改變。大概是在陌生的地方從事陌生的工作，重獲新生之後，暗自下定了某種決心。在他那個年紀會這樣很正常，所以必須讓他知道——不會有任何改變，人是絕對不會變的。

如果不願意接受，那就只有一種下場了。工頭指尖微動，伴隨著「咻」的風聲，短刀從手中飛了出去。出乎意料的舉動，讓站在門前的幾個人後知後覺地縮起身體。然而，短刀只是劃過半空中，直直插進門框，沒有弄傷任何人。

「身為長輩我勸你一句，心中的良心或罪惡感並不會為你帶來任何改變。假如你過去是個垃圾，未來你也只會繼續是垃圾，一個內心有所牽掛的垃圾。」

廢話連篇不是工頭平時的風格，這也表示小鬼頭的確是平時不常見的類型。不過，就算小鬼頭拒絕也沒什麼好惋惜的，只不過是需要處理的垃圾多了一個。就在這時，小鬼頭開口了。

「五倍。」

工頭困惑地皺起眉頭，小鬼頭指著站在身後的那群人。

「我留了他們一條命，你要把他們的份給我。」

工頭的嘴角忍不住上揚。好，就這麼辦吧，我就知道你會接受。垃圾不會改變，只會繼續腐臭下去。他的膽識耐人尋味，同時也令人不悅。方才短刀掠過他的臉龐時，他的眼睛連眨都不眨一下。工頭突然開始好奇了，忍不住拋出不曾問過任何人的問題。

「你為什麼需要錢？」

「要付媽媽的醫藥費。」

◆◆◆

在我成為演員之前，曾經連續工作好幾年，一天也沒有休息。我必須從清晨奔忙到深夜，才能不胡思亂想地順利入眠。一開始是為了還債，對所有工作來者不拒，後來卻變成需要那股壓在身上的疲憊感。

那樣我才能閉上眼睛，才能因為自己正在受罰而感到安心。我曾認為自己一輩子都會這樣活著，然而世事難料，在遇見了過去的孽緣並完成復仇後，我成為了從未在自己的人生計畫中出現過的演員。

我的生活比之前好多了。有了想做的事，也有了喜歡的人，甚至感受到了此前不甚明白、現在卻終於理解的幸福。那為什麼我還是睡不著呢？即使結束了超過十個小時的拍攝回到家，我依舊遲遲無法入睡。

身體雖然疲憊，眼皮也異常沉重，卻一直精神恍惚地清醒著。後來好不容易睡著，還久違地作了一場夢，夢到了我一有工作就做的時候。

我在工地搬運沉重的貨物，粉塵如雲霧般四散，眼前一片灰濛。什麼都看不見的處境讓我只能站在原地，無法再有其他動作。扛在肩上的貨物沉重得令雙腿發顫，但要撐住也不算太過困難。明明回到了沒有神經病、也沒有任何情緒的灰暗過去，我卻沒有焦躁，反而感到莫名安心，彷彿這裡才是我應該存在的地方。

但現在的我究竟身處何處？感到混亂的同時，腳下的地面也開始碎裂崩塌，我好像發出了無聲的慘叫。與此同時，一股莫名的異樣讓我忽地從夢中驚醒。

我睜開眼睛，忍不住倒抽了一口氣。尚未徹底清醒過來，就倏然看見某樣東西映入眼簾——某人正在黑暗中俯視著我。嚇！我被人影嚇得起了一身雞皮疙瘩，立刻從沙發上坐起身。剛剛睡醒、尚且無法運轉的大腦，自動將眼前的人判定為入侵者。究竟是誰……

「咦？」

我本想後退，卻又倏然停住。眼睛逐漸習慣了黑暗，我終於看清對方的長相。熟悉的面孔和熟悉的情景讓我鬆了口氣，脫口罵出一句髒話。

「幹。」

對方將頭側向一旁，像在問「終於醒啦」。即使四周漆黑一片，我也能大概猜到神經病的表情。

「我不是跟你說過嗎？不要那樣盯著我。」

我一邊抱怨，一邊將頭髮往後撥。這已經是第三次了，睡到一半因為一股奇怪的感覺而驚醒，發現神經病就站在一旁盯著我看。一開始真的差點嚇死，但被嚇了三次也差不多習慣了，只不過後頸仍有些毛骨悚然。

「我跟你說過吧？不要睡在這裡。」

那小子模仿著我的語氣。我坐在沙發上，撥了一下頭髮。

「我是讀劇本讀到睡著。」

桌上真的有我讀到一半的劇本，儘管讀了不下無數次，但我睡不著，所以又拿起來重新讀過。

「你什麼時候回來的？不是明天才到韓國嗎？」

我看向時鐘，現在是凌晨兩點。神經病在一週前到美國出差，我以為他今天下午才會回來。

「這就是你的歡迎詞？」

「行程改了？」

「歡迎詞。」

「Welcome。」

這小子為什麼老是執著一些沒用的事情？我不耐煩地念了一句。

「拼出來。」

「……」

「不知道怎麼拼嗎？」

「……我知道，是W開頭的。」

他沒有任何反應。難道是A開頭嗎？

「你的誠意不夠。」

「什麼誠意？」

「歡迎我的誠意。」

「難道我全部拼出來就有誠意？」

「至少有你絞盡腦汁的誠意。」

這是什麼不合理的……合理嗎？我愣了一下才終於回過神。媽的，只要稍微恍神，就會瞬間被神經病的邏輯說服。

「那種誠意能幹嘛？看到你平安回來就夠了。」

我咕噥著，同時想起了某件事而站起身。他大概不認為是誠意，但我為他買了一樣東西。我拿著為了和他一起吃而冰起來的袋子走回客廳。喀，開燈後，他伸手拿起我先前蓋著的棉被，原以為他要幫我折好，沒想到他卻隨手一扔。

「是麵包嗎？」

他這麼問著。可能是看到袋子上寫了麵包店的名字吧。我點點頭，掩飾著內心的尷尬，開口說了一句。

「聽說很好吃。」

還以為他會問我幹嘛突然買麵包，但他只是默默走近，仔細端詳著袋子。

「全州？」

「我昨天去拍攝。」

「看來你很閒？還有空去買麵包。」

拍攝的等候時間一如既往地漫長，但演員不能隨意離開片場，即使閒得發慌，我也沒時間單獨行動。儘管如此，我還是特地在拍攝提早結束的時候，衝去買了大家都說好吃的麵包。不過，我不想一五一十向神經病坦白。他說話的語氣怎麼這麼像公司主管監督下屬工作一樣討人厭？啊……他的確是公司主管。

「有人買給我的。」

「是哪個傢伙？」

語氣相當溫柔，我卻在他眼中看見夾雜著冷漠的瘋狂逐漸凝聚。我一時沒能給出答覆，他笑得更燦爛了。

「是哪個傢伙買給你的？」

「……我這個傢伙。」

這樣啊？他隨口說完，才拿起麵包咬了一口，又立刻扔到一旁。

「難吃。」

早知道就說是我的愛慕者買的了。也對，除了神經病以外，世界上不可能有其他人為我著迷。我拿起新的麵包咬了一口，明明就很好吃。有點甜，甜滋滋的，真甜。

「你下午有行程吧？」

「沒有。」

正準備解開襯衫袖釦的他頓時停下動作。

「你下午應該有發聲課吧？」

吃甜麵包吃到一半的我也停下動作。這個行程是今天早上突然安排的。

「延到隔天了。」

「為什麼？」

「我以為你是下午回來。」

停頓片刻的手再次緩緩移動。他鬆開領帶後，又逐一解開襯衫的釦子。直到他的手不再繼續動作，我才重新抬起目光。

「你為什麼提早回來？」

「想見你。」

殘留的睡意徹底消失。這時我才終於明白，他為什麼執著於歡迎詞，又為什麼只吃了一口麵包就扔掉。我想起在他出國前，曾聽見要和他同行的員工的抱怨。

「我快死了，簡直是把一整個月的行程塞進一星期，尹理事真的是怪物。」

然後還提早回來？我沉默片刻，只迸出一句話。

「是喔？」

他再次勾起嘴角，這次是真正的笑容了。

「對。」

我與他四目相對，卻反常地一句話也說不出來。明明不是初次見面，我偶爾還是會像現在這樣，緊張得忍不住屏住呼吸，目光也無法從他身上移開。他率先轉過身，我才終於鬆了口氣。我跟著他走到廚房，看見他打開冰箱，在冰箱裡東翻西找、拿出幾種材料後，捲起袖子看似要親自下廚。

「你要吃飯？」

「你坐著吧，我煮比你買的麵包好吃一百倍的東西給你吃。」

凌晨兩點，突然煮什麼東西啊？如果他是下了飛機就直接回來，理應相當疲憊，但眼前在廚房忙碌的他，看起來反而充滿活力。

「你去辦的事還順利嗎？」

「我去辦什麼事？」

你老是用那麼煩人的方式反問，我當然只能無話可說了啊。我只大略知道是電影相關投資，並沒有想進一步探究的意思。

「關我屁事，我只是好奇有沒有成功才問的。」

「成功了，還額外聽到了一件有趣的事。」

「什麼事？」

「有個婦人殺死了自己的丈夫，但在法庭上獲判無罪。」

哇，他這趟出差還真是值得。

「為什麼無罪？沒有證據嗎？」

「整起案件都撲朔迷離，聽說她丈夫因生病的關係要定期吃藥，婦人卻不讓他吃。前夫的孩子認為這是蓄意謀殺，她卻主張自己是以自然療法替代藥物。實際上，婦人為了讓丈夫的病情好轉，也確實全心全意投入運動和自然療法。而法院選擇相信了婦人的說法。」

「那就不是殺人囉。」

「那個前夫的孩子依然主張殺人，還出示了婦人寫給丈夫的信當作證據。」

他念出了信件內容。

「『我每天都想品嘗你給予我的黃金。如果你愛我，不想讓我難受，就別吃藥了。』」

「又不是強迫對方不吃藥，這樣不算殺人吧？」

「如果我對你說『愛我就別去醫院』，你會怎樣？如果我保證自己能用自然療法讓你好起來呢？」

那當然……不去。

「嗯，利用別人的愛很糟糕，但畢竟不是威脅，只能怪他自己不吃藥了。」

「對，愛可能被當成逼迫和威脅，但不算直接殺人，法院也是這樣作出判決的。」

「那你覺得有趣的點是？」

「那封信。據說婦人極力想避免信件被當成證據。說得更準確一點，是她不想讓世人知道。」

「為什麼？內容又沒什麼特別的。」

「大概有什麼隱情吧。」

難道是拼寫方式錯了嗎？思索到一半，我忽然意識到他為何對這起事件感興趣。或許他感興趣的並不是事件本身，而是當事人。

「這是誰的故事？」

「你也認識的人。」

誰？但他只是繼續在廚房忙碌，並沒有告訴我答案。

「是誰？」

「難道我得自己一個人說個不停嗎？」

搞什麼啊？是你自己先開頭的，勾起別人的好奇心又一直賣關子。

「我身邊沒有企圖殺死丈夫的女人。」

「那換你說點別的吧。」

他停下不語，原本在爐具上方忙碌的手也停下動作。他轉身面向我，雙手在胸前交叉，嘴角露出令人不安的笑容。

「你為什麼睡在沙發上？」

「我不是說了嗎？我讀劇本讀到睡著。」

「你一開始就存心睡在沙發上吧？你還蓋著毯子。」

我愣了一下，皺起眉頭。

「只是覺得有點冷才蓋著，而且在沙發上睡著也很正常吧，幹嘛大驚小怪？」

「你好像還搞不清楚狀況。」

「什麼？」

「你不可能擺脫我，就算你死了，我也會把你的屍體帶在身邊。」

剎那間，我感覺自己內心深處的真實念頭被他徹底看穿。在我下定決心要認真生活後，內心仍存在一個漆黑的空洞，那裡蜷縮著一隻可以若無其事爬上高樓、再次一躍而下的怪物，一個我刻意裝作沒發現的存在。這次，我同樣裝傻了。

「這個玩笑非常難笑。」

「你看過我開玩笑嗎？」

沒看過。我擺出臭臉回嘴。

「你要怎麼把腐爛發臭的屍體帶在身邊？那樣像話嗎？」

「因為是你，所以可以。只要是你，就算腐爛發臭也無所謂。但要是開始腐爛，你就會消失了，所以我會做一些事前處置。我可以把你做成木乃伊，把我喜歡的部位切下來，或擺在房間當裝飾也不錯。尤其是你的眼睛，真想挖出來，一直放在手裡欣賞。還是我應該直接掛在脖子上？」

「……你掛在耳朵上，然後被關進精神病院吧。」

「你以後一定要睡在床上。如果我不在家你就改睡沙發，我會認為你沒有把這裡當成自己的家，我希望你能自在一點。」

他再次淺淺一笑，語氣也非常溫柔。那個臭神經病。

「請把我火化，不要擅自把我的屍體帶在身邊。」

「看你表現。」

「什麼？」

「你只要牢牢記住自己不可能擺脫我，並做出相應的行動，我就考慮在你死後放過你。」

真令人無言。我又還沒死，為什麼要討論我的遺體如何處置？

「媽的，那要不要也戴上手銬算了？」

這次他真的笑了，雖然只是無聲地勾起嘴角。原來那傢伙真的很開心。

「我不是沒這樣想過，但我不能弄傷你的手腕。」

「真是謝了。」

「知道的話，就好好表現。」

那小子再次開始切菜。喀喀喀喀，看著他熟練的動作，我忍不住開口問道。

「那除了手銬以外，你還想過什麼？」

「一些普通的事。」

「所以是哪些普通的事？」

「對喜歡的對象產生的普通欲望。你應該也想過吧？」

——才沒有。

我一時有些慌張，愣了一下才看向他的眼睛。原以為會被指責「你沒那麼喜歡我嗎」，他卻只是不以為意地走到冰箱前面，取出幾顆雞蛋。我看著他轉開大火、把雞蛋打進碗裡的樣子，心情一陣微妙。

他好像早就料到我答不出來了，卻表現出一副無關緊要、會容忍我的模樣。這小子真奇怪，嘴上說著要把我的屍體帶在身邊這種令人不寒而慄的胡言亂語，又極其乾脆地接受了我的狀態。對，極其乾脆。

這是我最近用來定義他的其中一個形容。他極其乾脆地捐出了從父親家族繼承的全數財產。原因也很簡單——他說即使沒有那筆小錢，自己依然是個有錢人。

那筆錢現在由他母親名下的基金會管理。這件事鬧得沸沸揚揚，好不容易才平息下來。現在還感到惋惜的，大概只剩下我了。他應該捐出所有財產變成窮光蛋才對，那樣我就可以得意洋洋地養他了。

然而，現實是，凌晨才從美國回來的他，正在為我下廚。他開始在平底鍋拌炒蔬菜，那似乎是他曾經做給我吃的炒飯。特調醬汁的香氣與油香一起撲鼻而來，一聞到味道，饑餓感瞬間包裹住我的胃。這才想到，我沒吃晚餐就直接睡著了。他該不會是知道我沒吃晚餐，才做飯給我吃的吧？

「再十分鐘就好了。」

我不好意思坐享其成，打算起身幫忙，但片刻後又坐回原位。他下廚的背影看起來莫名雀躍，明明沒有露出笑容或哼著歌，他的動作卻讓我產生那種感覺。

「聞起來很好吃。」

「因為真的很好吃。」

那小子怎麼做每件事都這麼自信？先前我曾經和經紀人與漢洙討論過這個話題——

為什麼尹理事年紀輕輕，不僅工作能力強大，還未曾經歷失敗，且每件事都理所當然地按照他的設想發展？

「他本身有能力，但這也和家庭環境有關。他從小就什麼都不缺，哪可能不產生自信？」

神經病的成長過程並不是什麼都不缺。他缺少了父親的陪伴，一定有些空缺是金錢無法彌補的，況且他從小就徹底看清了家中的暗潮洶湧，或許擁有的煩惱比同齡孩子還多。不過，我沒辦法透露太多，只能簡短反駁。

「並不是每個有錢人的成長過程都一樣。」

「泰民哥說得沒錯，我也是被媽媽捧在手心裡，想要什麼都有，而且還常常被人稱讚演技好，但我還是有鏡頭恐懼症。尹理事看起來天不怕地不怕的樣子，他跟我有什麼不一樣？」

你的問題問錯了吧，你們根本沒有任何相似之處。漢洙不理會我和經紀人僵硬無言的表情，自己找到了答案。

「啊，其實尹理事也有非常害怕的東西吧？或是不擅長的領域？一定有吧，他搞不好五音不全、是舞蹈白痴，或是廚藝很差，對不對？嗯？」

他廚藝不差，聲音也很好聽，唱起歌來應該不會太糟。那他的缺點到底是什麼？

「你在想什麼？」

「在想你究竟害怕什麼。」

突如其來的問題讓他愣了一下。我預想過一說出口就會被他嘲笑，果真沒錯。只見他彎起嘴角，開口說道。

「沒有，我不怎麼喜歡童話故事。」

啊，真的是。我真想揍扁曾經提起糖果屋兄妹的自己。不過，我也開口嘲笑他。

「也對，你平凡地上學、畢業、進公司上班，根本沒機會遇上可怕的事。」

「可怕的事是什麼？」

我努力忽視五年前的鮮紅血色，搜索著其他令我難受的記憶。

「工作到全身遍體鱗傷、為了不在充滿粉塵的工地昏倒而咬緊牙關苦撐；連買一碗泡麵的錢都沒有，只能喝水果腹，同時意識到這一切會在明天、下個月，甚至一年後不斷重演。」

我認為對人類來說，沒有任何事情比看不見未來還可怕。或許平靜地接受了這點，就是我的贖罪——選擇放棄自己的未來，而非單純肉體上的疲累。不過，我猜尹傑伊應該無法體會，畢竟他總是朝著更光明的未來邁進。他在流理臺前轉身看向我，臉上掛著一抹微妙的笑容。見狀，我用力瞪了回去。

「幹嘛？說你過得一帆風順，傷到你的自尊了？」

「沒有，只是覺得你和我媽應該很合得來。」

聽見意想不到的評價，我慌張地眨了眨眼睛。不是說他媽媽是個可怕的人嗎？我還記得現場經紀人面色凝重說出的證詞呢。是說，她跟我哪裡合得來了？

「她會像我一樣碎碎念嗎？」

他發出短促的笑聲，像在回想什麼似的凝視著半空中。

「嗯，這點也很像。而且她也像你一樣關注人類的荒誕，所以特別喜歡《薛西弗斯的神話》[1]。因為那些故事關於不合理。」

人類的荒誕是什麼？薛什麼鬼的神話又是什麼？不過，我什麼話都沒說。我凝視著他，擔心這段對話會讓他思念起母親，也不知是幸還是不幸，他事不關己般，輕描淡寫地聊起了自己的母親。

「那本書的第一句話非常有名，唉，對，幹，那個句子。感覺我媽和你真的很合得來。」[2]

儘管不知道那個句子是什麼，但他如同發現了一件驚人事實，錯愕地笑了出來。

「知道了，我之後如果去到陰間，會和她好好聊一聊。」

「才沒有什麼死後世界呢。」

他無趣地打斷了我的玩笑，而後像突然想起什麼似的，側著頭看我。

「啊，對了，你也相信鬼的存在吧？所以才害怕那麼多東西。」

「說什麼鬼話？我幹嘛相信鬼的存在？」

1　知名法國諾貝爾文學獎得主，阿爾貝．卡謬（Albert Camus）的哲學隨筆，於一九四二年撰寫完成。全書分為四章，分別探討荒謬的概念，荒謬的生活，荒謬的創造和薛西弗斯神話的寓意。

2　節選自卡謬《薛西弗斯的神話》——真正嚴肅的哲學問題只有一個，那就是自殺。

「你不是說祭祖的時候，鬼會過來把食物的靈魂吃掉？」

「那是祖先，跟相信鬼的存在是兩回事。」

他一臉不懂為什麼是兩回事的樣子。也對，他是在外國長大的，怎麼會懂呢？

「而且我現在已經不怕了，那些都是小時候的事。」

我感到委屈般提高音量，他臉上再次綻出笑容。

「你小時候還害怕什麼？」

哪可能還……該死，又想起一個了。要是說出來，他一定會捧腹大笑，於是我用力搖了搖頭。

「沒有。」

「說了才給你吃飯。」

「……那不是一開始就要煮給我吃的嗎？」

「對啊。」

對什麼對？有別於無言的我，他一直心情很好地笑個不停，害我不忍心罵他。

「真神奇，我居然連你沒用的過去也感到好奇。」

「別搞笑了，你只是想趁機消遣我。」

我嘴上這麼嘟囔，還是小聲說出了自己小時候害怕的東西。

「我小時候去的澡堂，裡面的壁畫有點那個。」

「是畫了地獄圖嗎？」

我回答「不是」後，視線瞥向半空中。

「畫了一些正在泡澡的猴子。」

我以為會聽見笑聲，卻沒有任何聲音傳來。我偷瞄一眼，發現一股溫柔的目光正注視著我，彷彿聽著我沒用的過去，讓他非常開心。

「你小時候害怕的東西可真多。」

「因為是小時候，你小時候應該也害怕很多東西吧？」

「不好說。」

他咕噥的同時，嘴角依然掛著微笑。但在我眼裡，那是他對其他人展現的客套笑容。我感到有些詫異，這個話題沒什麼特別的吧？即使他說什麼都不怕，我也不會覺得意外，頂多嗆他一句就算了。「不好說」這句回答莫名令我有些在意，可我並不想深入探究，於是刻意輕描淡寫地回嘴。

「要是你去到那間澡堂，應該就不會說出『不好說』了。」

這次他的嘴角浮現真正的笑容了。

「你為什麼害怕那個？」

儘管被嘲笑有些破壞心情，我依舊一本正經地回答。

「因為太像人了。」

「……」

「猴子手上還拿著搓澡巾耶。」

他突然轉過身，一手扶著流理臺，另一手撐著自己的腰，肩膀開始上下抖動。我不懂，有那麼好笑嗎？

「而且牠們像火車車廂一樣，一隻隻排排站，幫彼此刷背。」

他再次轉了回來，現在是扶著流理臺彎腰咯咯笑了。你怎麼不乾脆放聲大笑算了？

「我小時候的悲慘記憶有那麼好笑嗎？」

當我猶豫著是否要讓慘案重演時，聽見了他咕噥。

「喔，幹，這是我這星期以來第一次笑。」

我大概是瘋了吧，不然就是我比想像中還喜歡這小子。原本隱隱躥升的怒意又緩緩消退。他繼續煮著未完成的料理，在平底鍋裡拌著炒蔬菜和火腿，再加入米飯。迅速將雞蛋攪散後，讓它在空的平底鍋裡攤開。

到這裡都還是一般蛋包飯的做法，特別的是，他將酸黃瓜切碎加了進去。他是覺得這樣就不用另外盛來吃，比較方便嗎？我突然有點想笑。應該沒人知道這小子會做這種事吧。沉迷於機智問答、對別人的悲慘過去捧腹大笑，還在蛋包飯裡加酸黃瓜。

我趴在桌上看著他在廚房忙碌的身影。凌晨兩點三十分，在瀰漫油香的廚房等待消夜感覺也不賴。所以，我有點不自在了。

不知從何時開始，和神經病相處總讓我感覺有股無形的重量壓在身上。相處越久，那莫名的重量便越發沉重。儘管不至於令人窒息，卻也不曉得會在哪一刻勒緊我的脖子。我刻意裝作渾然不覺，試圖在脖子被勒住前無視它的存在。

「拍攝快結束了，讓你很憂鬱嗎？」

抬起頭，一同參演並飾演配角的演員正坐到我身旁。

「也對，會捨不得吧。大家在熱門電視劇都想有更多鏡頭，哪怕只多一秒也好。」

劇本已經撰寫完畢，捨不得也不能改變什麼。我尚未開口回答，他卻自顧自說起自己的拍攝內容，說他也想多拍一點，想透過這部劇打開知名度，一定要把握機會……等等。

「託這部劇的福，我獲得了在另一部戲飾演主角的機會，雖然還沒簽約，但編劇看到我讀劇本的樣子，對我很滿意。」

等待拍攝的時間無聊又漫長，配角演員此前卻不曾像這樣湊過來找我聊天。我不擅交際的個性早已廣為人知，加上關於我的傳聞滿天飛，大家都對我敬而遠之。另一半是經紀公司的理事，而且還是個男人。我們在公司創立紀念酒會上接吻、目前同居中，和已經在國外結婚的傳聞在眾人之間口耳相傳。

那些傳聞讓我在拍攝前期成了劇組的名人。不過，在接近殺青的此刻，那些流言已經變成「他被理事拋棄」、「理事本來就只玩玩，兩人根本沒有任何關係」、「理事是為了隱藏實際上的另一半，才在酒會上作秀」……等等。

不知不覺間，我已經變成了被尹理事用過即丟的拋棄式垃圾。傳聞的風向之所以改變，是我幾乎沒有獲得經紀公司的資源。電視劇爆紅之後，連我這個配角也跟著受到人們矚目。即使每集頂多出現三到四分鐘，走在路上也會被人認出來。

可能是這個緣故，據說我經常接獲採訪邀約，且不僅是下一部作品，連綜藝節目都前來接洽。只不過，我實際接獲的邀請只有幾個，而採訪是我一開始就說過不參與，所以沒有安排。經紀人也贊同這個決定，還說我一定要堅守神祕路線。

問題是工作。大部分工作都被比經紀人位階更高的人擋掉了，都是該死的神經病搞的鬼。那小子會先審核我接到的工作，然後推掉。得知實情的經紀人曾嚴正抗議，當然，他不敢去找神經病，只是私底下找朴室長抱怨。

可惜他似乎沒有得到任何明確的答覆。誰會知道神經病到底在想什麼？經紀人期望我挺身而出，但我其實沒什麼不滿。雖然不爽神經病擋掉我的工作，但他推掉的那些我自己本來也會拒絕。

當然，經紀人和漢洙很受不了我的態度。他們建議我要趁走紅的時候乘勝追擊，趁人氣水漲船高時趕緊划槳，才不會遭到眾人淡忘，又得回到底層慢慢往上爬。底層？這為什麼是底層？

光是能做自己喜歡的事情，我就已經很滿足了。即便只是小小的配角，我也想在自己能駕馭的範圍內挑戰新的角色。發展緩慢也無所謂，我不希望把頻繁上電視當作某種練習。

我不曾向神經病提起這種想法，他卻好像知道我在想什麼，不時會丟出戲份少卻適合我的角色。不過，因為我屢次拒絕重要角色，久而久之，傳聞就成了既定事實——尹理事看我不爽，只肯讓我飾演配角，還想把我趕出經紀公司。

「感覺你很適合飾演這個月開播的電視連續劇主角，主角是個性冷靜的富二代。」

主角？富二代？配角演員看見我的表情，明顯裝出驚訝的樣子。

「嗯？他們不是有邀請你試鏡嗎？我決定中途加入那部戲時，製作人有提到過。聽說你們經紀公司連讓你試鏡都不願意，直接回絕了。」

「我不知道這件事。」

「你不知道？真的假的？」

「真的。」

啊——他露出微妙的笑容嘆了口氣，然後聳聳肩。

「那可能是我聽錯了吧，你不要放在心上。」

他輕描淡寫地說完便站起身。雖然只看得見背影，我卻能感覺到他正在笑，一副親自確認傳聞屬實後，感到有趣的樣子。我這才明白他找我閒聊的原因。

這下子，我被尹理事拋棄的傳聞要傳得更凶了吧。這樣其實也不錯，反正我也懶得應付那些竊竊私語說我是尹理事的男朋友，或跑來想和我攀關係的人。掌權者的另一半總會成為被關注的對象，但說到底，神經病也沒什麼了不起的吧？

「漢洙已經結束拍攝了，但他說要等你一起離開！」

抬起頭才發現，經紀人正拿著飲料罐站在我身旁。我接過他遞出的飲料，將目光挪回早已讀過幾百次的劇本。雖然還有三集要拍，但我的戲份在下一集就會殺青了。再過一個月，人們對我的關注就會減弱，上漲的人氣也會隨之消退。可能是這個緣故，漢洙非常捨不得電視劇殺青。

「我晚上還有拍攝，你先帶他回去吧。」

即使提早拍完，也已經是凌晨一、兩點了。我的戲份沒剩多少，但還沒殺青的漢洙還是多睡一點比較好。而且他最近上了一次電視綜藝節目，獲得了不錯的迴響，已經有好幾個節目前來接洽。他忙得不可開交，連我也很難在片場以外的地方見到他。

「他正在和趙賢聊天，說要在這裡吃完晚餐、看你拍完再離開。」

見經紀人搖了搖頭，他似乎也放棄勸說了。趙賢是在後半段加入、飾演配角的新人演員，很快就和漢洙混熟，最近每天都和他形影不離。

「不知道那小子是不是太得意忘形了。」

「讓他開心享受吧。」

「你不開心嗎？」

我的目光離開劇本，往上看去。

「已經很開心了。」

「那就應該更有野心啊。」

這句話似乎是說給對於神經病干涉工作毫不在乎的我聽的。

「但我不想飾演老套的富二代主角。」

「等你接獲了那種角色的邀約，再說這種話也不遲。」

「有接到啊。」

「是喔，有接到……什麼？」

我看向剛才和我搭話的配角演員。

「有一部電視連續劇在這個月開播，他聽那部劇的製作人說的。他們好像有邀請我飾演富二代主角，但公司連試鏡都不讓我去。」

「……」

「經紀人。」

「這、這個月開播的電視劇？《生菜包飯的戀人》？他們有邀請你飾演那部戲的主角？」

「你不知道嗎？」

「當然不知道啊！」

他一邊大喊大叫，一邊站起身。眾人紛紛看向這裡，經紀人卻不以為意，更大聲地反問。

「這是真的嗎！真的是公司拒絕的嗎？為什麼？怎麼會！到底是哪個……人。」

他好像自己找到答案了。只見經紀人露出錯愕的表情，一屁股癱坐在地。

「泰民，你老實告訴我。」

「什麼事？」

「你是不是被尹理事拋棄了？」

其他人也就算了，經紀人居然問我這種問題？我無言地轉過頭，根本感受不到回答的必要性。

「你不知道我住在哪裡嗎？」

「我知道你住在尹理事家，但如果你住在那裡是因為——」

是因為？

「是因為你做家事做得很好，尹理事才沒有趕你走呢？」

「……」

「一定不是這樣吧，哈哈哈。」

即使尷尬地笑著，他還是沒有收起懷疑的目光。

「好啦，既然你們還住在一起，你應該沒有被拋棄吧？用不著在意其他人的閒言閒語。」

「我不在意。」

「我都知道，你一定很在意。」

「都說了我不在意。」

「那在家負責打掃和洗衣服的是誰？」

「掃地機器人和洗衣機。」

「當然是機器處理的啊，哈哈，那啟動機器的是誰？你嗎？你一個人？」

「如果你沒有要來幫忙，就別管了。」

聽見我這麼說，經紀人的表情立刻垮掉。

「尹理事叫我也一起去打掃嗎？」

……還是乾脆真的叫你來打掃算了？就在這時，他一把握住我的手。

「泰民，你不要著急。」

「你的手才不要抖。」

「尹理事最近怎麼樣？還是每天都會說愛你吧？嗯？」

「我從來沒聽他那麼說過。」

嚇！他再次倒抽一口氣。

「沒、沒關係，這、這也在所難免！」

「我一直都覺得無所謂。」

「但他會用其他話語表達愛意，對吧？」

表達愛意……這時，我忽然想起了他說過的某句話，忍不住皺起眉頭。經紀人立刻察覺我的異樣，開口問道。

「怎麼了？你聽他說過什麼？」

「他說過想把我的眼珠塞進耳朵。」

「什麼！你的蛋蛋?!」[3]

3 韓文中，眼珠（눈알）的發音與睪丸（불알）相近。

「……眼珠。」

「眼珠？喔，真可惜。」

到底可惜什麼？如果是蛋蛋，就可以塞進耳朵了嗎？

「如果是蛋蛋，就能確定他對你有愛了。」

要是那麼渴望他的愛，你怎麼不把自己的蛋蛋切下來送他？本來想這樣反嗆，片場卻突然傳來一陣喧嘩。人們的目光聚集到一臺高級進口車上，隨後藝人的保母車也跟著駛入。那種車款的確難得一見，但我認為人們之所以議論紛紛是基於另一個理由。果不其然，經紀人像想起什麼似的小聲咕噥。

「啊，今天是韓莉燕來客串演出吧？」

韓莉燕。我當然知道這個名字，畢竟是從小聽到大的知名藝人。我聽說她已經五十歲了，但在電視或電影登場時，幾乎可以算是風華永駐，外表與她年輕時並無太大差別。儘管上了年紀後戲路相對受限、活動機會較少，但我敢說她展現的演技，仍比所有同齡女演員精湛。當然，擁有好的演技，不代表私生活就沒有問題。

「蛇蠍女登場了。」

我從經紀人的聲音感受到了緊張。「蛇蠍女」這個綽號在她六年前第一次結婚時出現，當時她和同齡男演員的情侶關係眾所皆知，她卻忽然宣布和另一個男人的婚訊，人們都認為是男演員被她甩了。

大家這麼想也很正常，畢竟男演員在韓莉燕婚後就徹底離開演藝圈，到國外生活了。他一聲不吭地離開，坐實了他因失戀而拋下一切的謠言。後來，隨著韓莉燕的第一任丈夫驟逝，第二任丈夫也忽然身亡，人們再次提起了「蛇蠍女」這個稱號。她不僅獲得了亡夫大部分遺產，還打了一場電視都爭相報導的知名遺產訴訟。在當時，第二任丈夫的孩子公然稱她為「蛇蠍女」。

「有傳聞說她要梅開三度了，對象是K娛樂公司的代表。這個消息害演藝圈亂成一團。韓莉燕從兩任前夫那裡繼承了不少電影發行公司的股份，甚至還有人說，如果希望電影能如期在電影院上映，就必須討好她。我聽說K娛樂公司斥巨資投資了一部預計在今年下半年上映的電影。你應該也知道吧？就是號稱國內電影史上投入最多製作成本的那部。他們似乎想透過增加電影院數量和排片檔期提高票房，而如果想那麼做，就必須討好韓莉燕才行。如果韓莉燕和K娛樂公司的代表結婚的話，那就徹底玩完了。」

經紀人像是在說什麼重要機密似的壓低音量，我卻對此毫無興趣。包含我在內的所有人都盯著韓莉燕看，而她似乎不怎麼在意他人的目光。不過，和她一起從後座下車的年輕男人，卻感到新奇般左顧右盼。

個子不高、二十歲出頭的帥氣面孔，看起來是個演員。他和韓莉燕的關係似乎相當緊密。就在我這麼猜測的時候，看見了第三個下車的人。他穿著一套從遠處也能看出質感的高級西裝，一下車便扭頭左右張望，但他的眼神中並未充滿好奇。

他帶有目的似的迅速掃視周遭，轉動的目光堪堪掠過我，又繞回來停住。我正心想「怎麼回事」，就見他噗嗤一笑，把頭轉了回去。那傢伙剛才是看著我笑了吧？

「你不問為什麼會徹底玩完嗎？」

「什麼？」

「韓莉燕啊，我剛才說的情況很嚴重耶。」

「有那麼嚴重嗎？」

「當然嚴重了！跟我們公司也有關係！」經紀人激動地提高音量，又顧忌著旁人的反應再次壓低嗓音。「我們公司也有投資電影，有部時代劇以今年上映為目標，已經投入了大筆資金。可是我聽說，K娛樂公司投注所有資源的電影，和我們的電影要在同一檔上映。要是強檔大片撞期，對雙方都不好，所以通常會互相協調，但也不能把電影院旺季拱手相讓嘛？聽說因為這樣，高層都快要頭痛死了。」

是喔？我語氣生硬地回應，盯著剛才看著我笑的男人走進的建築物。他是什麼人，為什麼笑得像是認出了我一樣？我雖然上過電視，許多人也都認得我的長相，但他們不會露出那種笑容。

「你待會要和韓莉燕一起拍戲吧？加油。」

「不管要不要和韓莉燕一起，我都會認真拍攝。」

「不，你一定要表現得更好，你不覺得自己應該給韓莉燕留下好印象嗎？」

為什麼？雖然沒說出來，但看見我的表情，經紀人便明白了我的想法。

「我不是說了嗎？韓莉燕攸關我們公司的未來，而我們公司的臺柱是誰？嗯？不就是尹理事嗎？這件事可是攸關到尹理事的性命啊。」

你的邏輯也太讓人無言了吧？神經病可是連地獄都不收的瘋子。

「萬一你得罪韓莉燕，不只是你，就連你的尹理事都會被盯上。到時候我們公司的電影事業就會完蛋，公司財政也會遭受重大打擊，最終導致公司倒閉。」

——這樣還不重要嗎？我都講成這樣了耶？

經紀人用他圓睜的雙眼吶喊著。剛剛還擔心我和神經病分手，現在居然又說我會害公司倒閉？我皺了皺眉，但還是產生了些微的警覺心。

「我哪會得罪韓莉燕？跟她一起拍的那場戲，我也只是充當背景而已。」

「這很難說，韓莉燕個性敏感，要是心情不好，就喜歡無中生有，刻意找人麻煩。」

那到底要我怎麼樣？

「這時候你是不是想問，怎麼樣才能討好韓莉燕？」

「我不想。」

「可憐的尹理事，不僅被愛人搞到破產、賠掉公司，還要被投資人提告……」

「如果想討好韓莉燕，該怎麼做？」

我忍住煩躁，問出了他想聽的問題。經紀人這才露出滿意的表情，果斷回答。

「你不可能討好她。」

「……」

媽的。我差點回到過去當流氓的時期。但眼前的經紀人顯然沒發現自己剛在生死關頭走了一遭，還充滿自信地繼續說道。

「韓莉燕真的是個蛇蠍女，但並非是她真的固執又敏感，偽裝出那副模樣、內心卻深藏不露才是她的恐怖之處。人們都以為她是無緣無故發脾氣，但絕對不是，一切都是她算計好的。她應該已經透過傳聞知道你是誰了，假如她打算把你當成一枚棋子，不管你再怎麼討好她，都不可能有任何效果。」

每到這種時候，我就會切身感受到神經病的地位。他身處的世界是激烈的戰場，打倒了一個敵人，另一個敵人又會拿刀殺過來。

「我會盡量不說話，保持低調，這樣可以了吧？」

「可以可以。」

「你之前見過韓莉燕嗎？」

「我以前帶演員去拍雜誌的時候見過她。見到她之前，我就聽人家說她非常難搞，實際見到本人後才發現，問題不是出在那裡。在我幹這一行見過的人當中，只有兩個人讓我真心覺得氣場強大，其中一個就是韓莉燕，等你面對她就會知道了。」

「你是怎麼察覺另一件事的？」

「另一件事？」

「她的所有行為都經過算計。」

「喔，那個……嗯，就……」

「你被她算計過嗎？」

「嗯？沒、沒有啦……不、不是你想的那樣……」

看來就是了。看他支支吾吾的模樣，大概是心裡有底，卻缺乏實質證據。經紀人雖然話多，但不會一口咬定沒有證據的事。他曾被親近的人背叛過好幾次，卻依舊能做到這點，我認為相當了不起。大概是和韓莉燕共事時遭遇了不合理的對待，後來才發現是被韓莉燕的演技欺騙，卻苦無證據吧。

「你感覺氣場強大的另一個人是誰？」

「尹理事。」

神經病？這小子雖然老是在我面前露出真實的模樣，但他在其他人面前總是面帶笑容，形象滿好的耶？

「並不是他外表強勢，我才說他氣場強大，反倒是他不太發脾氣，笑口常開的緣故。人在生氣的時候，比起大聲咆哮，用平時的語氣冷靜表達不是更具效果嘛？實際上，後者也更恐怖。雖然我說韓莉燕內心深藏不露，其實尹理事也一樣，完全看不出他在想什麼。」他搖搖頭，又感到神奇似的繼續說道：「韓莉燕是窮人家的女兒，小小年紀就進入演藝圈看遍人情冷暖，才變得如此心狠手辣。她變成現在這樣，我並非無法理解。但尹理事正好相反吧？他家境優渥、財產豐厚，還擁有與生俱來的聰明頭腦。他應該沒吃過苦，卻年紀輕輕就散發那種氣場？他真的很厲害，雖然也因此樹立了許多敵人。」

我的視線再次瞥往稍早望向的那扇門。韓莉燕應該不可能想到我，但她說不定會視神經病為敵人，與她同行的男人對我露出的笑容也令人十分在意。但應該不會有事吧？經紀人本來就容易小題大作，而且我真的安靜低調又不顯眼。只不過，懷抱著這種想法的我還是太天真了。

下午的拍攝終於結束，來到了夜間拍攝前的晚餐時間。而正準備要去吃飯的我看見了一樣東西——咖啡餐車。我先前曾在片場看過一次，那是參演電視劇的演員粉絲募資送來的應援。

最近的粉絲好像經常送東西過來，男主角粉絲送來的不只餐車，還有豐盛又精美的便當和人蔘雞湯。除了男主角外，受歡迎的配角大多也會收到禮物。

相較於壓力或負擔，自尊心才是他們更看重的吧。我曾看見那些當紅演員暗自比較禮物，還親耳聽到有人向經紀人抱怨，別人收到的東西多棒，自己卻只收到這些。

如果發生這種情況，經紀人就會打電話給粉絲後援會的會長，詢問「是不是該送便當過來了」。在這個劇組，會為了這種事較勁的，就只有男女主角兩個人。有人說男女演員拍電視劇時常會因戲生情，但這部戲的主角卻視彼此為競爭對手，攝影機一停，就立刻轉身分開。

當然，他們私下完全沒有任何交集。一開始還沒有如此嚴重，是拍攝中途起了幾次口角，關係才惡化至此。他們其中之一總是擅自喊卡，說沒辦法進入情緒；另一方則是要求燈光和反光板必須照到指定亮度才願意拍攝。

最搞笑的是，這兩人幾週前還傳出了緋聞。在緋聞的推波助瀾下，電視劇的話題直接爆火。據經紀人所說，緋聞通常會被當成電視劇的宣傳方式之一，但這當然要經過兩位演員同意才行。

當時兩人剛好接到雙人廣告的合作邀約，緋聞抬升熱度的同時，也抬高了廣告報酬。片場向來是創造虛構故事的地方，但那虛構的故事，似乎也在現實中獲得延續。然而，我從未像此刻一樣，感覺眼前景象是如此地不真實。咖啡餐車的看板上，正寫著我的名字。

李泰民請客！要不要賞你一杯熱呼呼的咖啡？

那是從我在劇中的臺詞「要不要賞你的嘴巴一記子彈」改寫的，看板甚至印上了我的臉。那到底是什麼東西？我傻眼地愣在原地，我明明就沒有官方粉絲後援會啊。

我曾在網路上短暫成為話題，但因荒謬的升級問題，沒人能夠成為粉絲後援會的正式會員。經紀人說有零星的非官方粉絲社群，但那也頂多才幾百人，不可能籌備這種活動吧？而且這種活動通常會提前聯絡經紀人、確認好行程，所以經紀人一定知……該死。

我趕緊掉頭去找經紀人，這種事不是應該先和我說一聲嗎？然而，我想質問經紀人的話，最終卻沒能說出口。只見經紀人和漢洙站在不遠處，被嚇得張大了嘴巴。看來他們兩個應該不知情。

「什麼？嗯？那是什麼？」

「這、這是你的粉絲送來的嗎？是誰啊？你什麼時候見到粉絲的？」

我也想問。我回答了句「我也不清楚」之後，兩人眼睛睜得更大了。

「所以到底是誰準備的？」

「就是說啊，會為你準備這些的人……啊，是不是！」

誰？你有想到誰嗎？在我們的注視下，漢洙一臉悲壯地回答。

「是不是尹理事送來的？」

「絕對不是。」

這句話來自經紀人口中。雖然我也抱持同樣的想法，但經紀人篤定的語氣莫名令我不爽。

「為什麼？說不定是尹理事送來幫泰民哥應援的啊，而且他也知道泰民哥的行程。」

「應援？拜託，他推掉了一堆泰民接到的試鏡邀約，還只會叫他打掃、洗衣服和做一堆家事，哪可能派咖啡餐車來幫他應援？嗯？」

「嚇！難道真的被我們猜中了？泰民哥在尹理事家當幫傭？」

好啊，我就知道，一定是你助長了經紀人的妄想。而經紀人繼續加油添醋。

「當然是真的，不僅如此，他好像還希望我們一起去幫忙打掃。」

「可是我們家都是我媽媽在打掃和洗衣服，我什麼都不會……泰民哥要是能把家事做得更好，就不會被尹理事拋棄了吧。」

「先不論家事，光是他那臭脾氣，就足以被拋……」

喀噠，喀噠。兩人熟練地往後退了幾步，大概是出於本能感受到自己的性命即將面臨嚴峻挑戰。然而，我的怒火這次也只得暫緩，和我熟識的特技組剛好路過，向我搭話。

「你什麼時候跟那些漂亮模特兒混熟的？」

「哎呀——我對你另眼相看了，李泰民。」

聽見他們羨慕的語氣，我才注意到在餐車前發放咖啡的，是三名身材高䠷纖細、身穿圍裙的女性模特兒。可我從來沒見過她們。經紀人和漢洙的眼睛再次圓滾滾地睜大。

「到底是誰？」

「現在過去弄清楚吧。」

我板起一張臉走向前。在前往咖啡餐車的路上，拍攝期間從未和我說過話的女主角，第一次向我搭話。

「泰民先生，謝謝你的咖啡。」

不僅是她，每次點頭打招呼時，連看都不看我一眼的中年演員，也舉起咖啡露出笑容。他們因為一杯咖啡而釋出的好意，我其實並沒有什麼感覺，畢竟無論他們態度如何，我都不是很在乎。不過，我不想因為連自己都不知情的原因而受人矚目。

「要來杯咖啡嗎？」

擺脫向我搭話的人群後，漂亮的女模特兒問我要不要來杯咖啡。我瞄了餐車上面的看板一眼，上面大大地印著我的照片，這時女模特兒也跟著仰頭，倏地發出一聲驚叫。

「天啊，原來您就是李泰民大人！」

大人？

「我是第一次看到本人，所以沒認出來，哇，本人比電視上年輕耶。」
「妳到底是誰？」
「我一直聽人提起您，聽到耳朵都快要長繭了，實際看到本人，感覺好神奇喔。」
聽到耳朵長繭？
「所以妳到底是誰，為什麼要在這裡發咖……」
「各位，李泰民大人來了！」
在她的呼喊下，原本在附近發放咖啡的其他女模特兒瞬間將我包圍，口中說著什麼「本人比較好看」、「看起來比電視劇裡單純」、「還以為你謊報年齡，沒想到居然沒有」、「看起來確實跟實際年紀一樣呢」等等，根本輪不到我插話。片刻過後，大家終於安靜了下來。這雖是我樂見的情況，我卻感覺更不爽了，此時眼前和我差不多高的三個女人，正直勾勾地盯著我看。
「怎麼了嗎？」
「因為我們都聽到耳朵快長繭了。」
她說的話和先前的模特兒十分類似。耳朵長繭？到底是聽到了什麼？
「聽說李泰民大人的魅力必須親眼見到才會懂，有些光芒是隔著鏡頭無法感受到的。還說光芒之中暗藏著悲傷，令人忍不住為之著迷，哈哈哈——」
她胡扯完，自己忍不住笑了出來。到底是誰告訴她那種鬼話的？女模特兒終於伸手指向我想知道的答案。順著她手指的方向，我看見在遠處和某個演員交談的人。

「老師，李泰民大人來了——」

模特兒一聲呼喊，這起事件的罪魁禍首便轉頭看向我，露出燦爛的笑容。與此同時，經紀人閃電似的擋在我身前高喊——

「李攝影師，滾一邊去！」

像我這種沒有個人休息室的配角，要在片場找到一個安靜的地方意外困難。就算真的找到了，也會有其他問題。

「原來前輩在這裡。」

枉費我努力找了一個四下無人的地方。轉頭一看，最近和漢洙形影不離的新人演員向我走來。他的名字是叫趙賢嗎？和偶像一樣帥氣的臉露出微笑。

「外面亂成一團，真正的主角卻很平靜呢。前輩的經紀人和李攝影師吵翻天了。」

「他們一定是互相叫囂、扯對方衣領，結果一聊到喝酒，又勾肩搭背走出去了吧。」

「你怎麼知道？」

趙賢張大嘴巴看著我，然後噗嗤一笑。

「所以這種情況不是第一次發生囉？哇，我白擔心了。」

你幹嘛擔心？他好像讀懂了我的表情，聳了聳肩膀。

「畢竟是公司前輩嘛？而且經常聽漢洙前輩提起，所以不覺得是別人家的事。」

「就是別人家的事，你別管。」

回嗆了一句後，我再次低頭閱讀劇本。我正在讀的是受邀演出的短篇電影劇本，這已經是我拍攝的第二部短篇電影了。第一部是電視劇製作初期，在金智宏的介紹下參演的，角色僅有短短幾句臺詞。

拍完後，我幾乎把它忘得一乾二淨，是後來接獲其他導演聯繫，說那部片的導演推薦了我。這次的導演是個不到三十歲的年輕人，據說他擔任了幾年的副導，為了拍攝獨立電影，幾乎花光自己所有積蓄，甚至向父母借錢。

可能是這個緣故，我去試鏡的時候他意外地非常熱情。雖說是獨立電影，我也只是個配角，但我想要演好那個角色。如果想完美演繹，就必須深入剖析電影內容。我畢竟經驗尚淺，無法透過僅由幾句臺詞構成的劇本，就在腦中描繪出整部電影。所以即使是與自己無關的橋段，只要有讀不懂的地方，我都必須反覆鑽研。

說也奇怪，這麼做並不無趣。就連剛才說話的對象一直站在眼前，我也可以不予理會，專注在劇本上。這麼做也很容易讓對方明白我的意思——我要忙我的事，你走吧。但有別於我的期待，我聽見他一屁股在我旁邊坐下，出聲干擾。

「你知道有人說過，每個人一輩子都會受歡迎三次嗎？」他對著連頭也不抬一下的我繼續說道：「當然，我總是很受歡迎，根本不相信那種說法。但剛上大學時，我曾經被一堆女生追過，數量多到我都覺得有些不可思議了。那時我才切切實實感受到，啊，原來這就是受歡迎的三次機會之一。」

唰啦啦。我再次將劇本往前翻回自己讀過的段落。到底為什麼要突然說這種話？我讀了好幾次劇本，還是有些地方搞不懂。在公司指導我的講師曾說過，劇本僅能透過臺詞來說明劇情，因此每句臺詞都有其存在的必要。只不過，我怎麼看都不明白這些突然冒出來的臺詞是什麼意思，因此不論趙賢說了什麼，我都不感興趣。

「前輩不好奇我為什麼要說這些嗎？」

「嗯。」

「我是特別說給你聽的耶。」

「我不好奇。」

「哈哈，就知道。」

聽到這句話，我的目光終於從劇本移開。他看著我，一直笑個不停。因為他長相帥氣，笑起來不會令人不爽，但我不是很想回以笑容。什麼叫「就知道」？

「在我受歡迎的那個時期，真的三天兩頭就有女生來搭訕。其中有些女生和藝人一樣漂亮，有些女生身材姣好，但我最感興趣的，卻是外表沒那麼突出、甚至有些刻薄的人。那時的我認為還有其他更漂亮、更惹人憐愛的對象，沒必要執著於這樣的一個人不放，就沒有和她交往。最後，我在曾經搭訕過的女生當中，選了一個外表最為出色的交往了。結果不到一個月，戀情就徹底告吹。後來又交往過幾次，但我還是一直想起那個刻薄的女生。」

他又開始自我吹捧了。當我感到後悔，心想早知道就繼續讀劇本時，話題又回到了我身上。

「那個女生和前輩很像。」

「長得不好看，但很難搞？」

「不是，是越看越有魅力。」

他再次笑了。他的臉仍保有幾分稚氣，而且身材高䠷，很適合在偶像團體擔任人氣成員。實際上，我聽說他原本正在準備出道當偶像，是後來換了經紀公司才轉型成演員。他其實比較想演戲，所以打算先以偶像身分出道，結果發現自己根本不適合唱跳。但看他散發著魅力的笑容，就算只是靜靜站著唱歌，當偶像說不定紅得更快。

「所以前輩應該也很受歡迎吧。」

到底哪裡受歡迎……我本想反駁，又突然想起了李攝影師。他到底是怎麼搞的？該不會真的喜歡我吧？

「哈哈，你一臉不懂自己為什麼受歡迎的樣子。」

「喂。」

「什麼？」

「如果你只是想跟我說這些，那就快滾吧。」

我是真心希望對方趕緊滾一邊去，可惜他並沒有按照我的期望行動。

「哇，真的耶。」他感嘆了一下，看著我的表情緊接著說道：「我曾經問過漢洙前輩，有沒有對你不爽過，因為我看他和崔經紀人經常被你欺負。結果他告訴我，你說話莫名不會讓人不爽，可能是眼神的關係吧。」

「那我閉上眼睛說，你滾吧。」

大概是看我真的閉上眼睛，他反而笑得更大聲了。

「哈哈，前輩真可愛。啊……對不起。」

這次我的眼神似乎奏效了。他乾咳一聲，終於願意站起身。但他似乎還有話想說，轉身一半又回頭看我。

「關於我錯過的那個女生，我感到惋惜是有原因的。我發現她和一個比我更好的男人交往了，看著那樣的她，我才意識到自己錯過了一個很好的人。你知道嗎？看著她和那個不錯的男人交往，其他人才開始對她產生興趣。有時候我會覺得很不甘心，明明是我最先發現她的魅力的。」

他又盯著我看了片刻，忍不住笑了一下。到底是想怎樣？

「我只是覺得，我好像稍微能體會李攝影師的心情了。」

「爛透了。」

「什麼？」

我看著他困惑的眼神，也站了起來。

「我說，爛透了，你說的一切都是。」

他望著我的表情，倏然收起笑容。他並非不會察言觀色的人，我雖然老是拿漢洙和經紀人出氣，但對於其他人，我根本懶得費這麼多心思。我那彷彿隨時準備出拳揍人的氣場，讓那小子不自覺後退一步，鄭重向我道別。

「我要自己滾一邊去了，前輩。」

看著他走遠的背影，我再次低頭讀起劇本。真讓人無言，我到底哪裡受歡迎了？李攝影師只是閒閒沒事做才會那樣，至於神經病……嗯，因為他就是個神經病。

在拍攝前三十分鐘改劇本的情況並不常見。只不過，在劇本早早完成的狀態下，我們拿到了另一份當天使用的劇本，裡頭新增了一段內容——韓莉燕演出的戲份有個新角色登場。

加了這場戲，就表示其他部分會遭到刪減，想當然，沒有演員會樂見自己的戲份被刪掉。儘管有些橋段本就會在後製階段被剪掉，但與戲份直接被撤換還是有很大區別。或許是這個緣故，片場的氣氛並不是很好。

尤其是韓莉燕與同行的二十幾歲男人一同出現在攝影機前時，大家都投以不屑的眼神。韓莉燕居然把他帶在身邊？那難道是她的私生子嗎？人們盯著他們竊竊私語，年輕男人卻絲毫不慌，反而像個來玩耍的人似的，悠哉地站在韓莉燕身旁。

因為劇本突然更改，要和韓莉燕對戲的女演員慌忙地不斷翻閱劇本。而我本來就只要躲在屏風後面，便自發地站到角落避免影響她。要在這場戲演出的幾名演員拿著劇本討論了好幾次，確認完動線後才正式開始拍攝。最先出場的是那個年輕男人，他的臺詞是這樣的——指著韓莉燕說「我姑姑目前身體欠安，談話時請盡量避免刺激到她」。

「我姑姑目前生病，建議妳最好不要提到敏感話題。」

片場頓時陷入一陣沉默。對手演員反應不過來，偷瞄了導演一眼。偶爾會有演員將一些不重要的助詞抽換成自己習慣的詞彙，只要意思沒差太多，對手演員都通常都可以順勢繼續演下去。

就算微調或新增臺詞且編劇和導演也能理解並通融的情況，大部分只會發生在資深演員身上。從來沒有新人，而且還是第一次演戲的演員敢擅自修改臺詞。攝影機停止錄製後，眾人看向年輕男人，他反而不解地詢問眼前的演員。

「妳不記得臺詞嗎？」

「是你念錯臺詞了。」

「我念得沒錯啊，妳耳朵有問題嗎？」

他噗嗤一笑。這傢伙還真是親切啊，才出現不到三十分鐘，就讓所有人對他心生厭惡。見狀，負責這次拍攝的導演挺身而出。

「請你照劇本念，那我們重來……」

「我的版本比較好吧。」

「先生，劇本的存在是有意義的，請照劇本……」

「說這句臺詞的角色不是才二十歲出頭嗎？哪個二十幾歲的人會說『欠安』啊？而且現在是要釐清被掩蓋了幾十年的真相，用有求於人的語氣講話怎麼看都不對吧。」

「唉。」導演忍住怒火般嘆了口氣，「整部作品的調性偏沉重，無論是二十幾歲還是十幾歲，所有角色的臺詞都必須維持一致風格，你剛才的語氣太輕浮了，要是太過突兀，影響整部作品……」

「那語調平緩一些就可以了吧？李導演。」

插嘴的人是韓莉燕。如同經紀人所說，她的影響力似乎相當大，導演根本不敢回嘴。她讓導演閉嘴後，轉頭望向年輕男人。

「語調平緩一些，盡量不要有表情，再穩重一點，重新演一次吧，度相。」

「是。」

被稱作「度相」的小子，再次念出自己擅改的臺詞。可能是他壓低聲音、眼神變得凶狠的關係，給人的感覺和稍早不同了。韓莉燕似乎頗為滿意，笑著點了點頭，但除了她以外，沒人笑得出來。

相反地，有人皺起了眉頭——是漢洙。本來還納悶他明明不用拍攝，為什麼還要過來，原來是來看熱鬧的。剛才向我搭話的趙賢也在一旁看得津津有味。大家似乎都認為韓莉燕和那個小子根本不會安分守己。在眾人的矚目下，拍攝重新開始。

「我姑姑目前生病，建議妳最好不要提到敏感話題。」

「那請先做好會聽見敏感話題的心理準備。」

「……」

那個叫度相的小子一語不發，只是盯著對方。拍攝再次中斷，對手演員露出「怎麼了」的表情看向他，而他卻先發制人。

「妳念錯臺詞了。」

「不是『敏感話題』，應該是『驚人言論』吧。」

配角演員一臉錯愕，卻仍壓抑著怒火瞄了韓莉燕一眼。

「對，本來應該說『驚人言論』，呼應你原本的臺詞，可是你改口說『敏感話題』，我也要調整過來，臺詞才能順利銜接。」

「不是吧，我的角色不清楚狀況，可以說『敏感話題』，但妳清楚知道要跟我說什麼吧？『驚人』和『敏感』顯然不一樣，所以妳應該照著劇本上的臺詞念。」

他側著頭，笑著反問「不是嗎」。要是有人能站出來主持公道就好了，但就連導演都得看人臉色，更沒有人敢挺身而出。配角演員只能壓抑著怒氣，重新拍攝。然而，可能是情緒受到影響，讓她的舌頭不斷打結。

短短一段戲就NG了三次。她每犯錯一次，韓莉燕的表情就越發冷漠，整個劇組的溫度也跟著下降，而這似乎讓配角演員更慌張了。直到第四次，這場戲才終於順利拍完。不過，在導演喊卡前，韓莉燕搶先開口。

「妳出去。」

戲齡三十的資深演員咬字清晰，宏亮的嗓音在氣氛肅殺的片場迴盪。韓莉燕面無表情地對配角演員指著片場外面。

「妳出去，妳的演技令我作嘔，我看不下去了。」

「前輩……」

「我不會把妳這種演技差的人當後輩看。」

價。

「對不起。」

二十幾歲的配角演員臉色慘白地低下頭，然而，韓莉燕卻繼續面無表情地犀利評

「妳真的感到抱歉嗎？」

「是。」

「那妳把舌頭伸出來。」

「什麼？」

「我叫妳把舌頭伸出來。」

突如其來的命令，讓配角演員慌張地左顧右盼，接著，她發現韓莉燕真的在等待自己動作後，猶豫了一陣子才伸出舌頭。此刻，她的臉已經難堪地漲得通紅。

「再來，再伸出來一點，妳的舌頭這麼短嗎？」

聽見韓莉燕高扯嗓門，女演員慌張地想將舌頭伸得更長，卻又摀住嘴巴發出「唔唔」的聲音。見狀，韓莉燕只是雙手交叉在胸前，不理會對方羞恥的顫抖，繼續下令。

「舌頭伸出來。」

這次，配角演員不願意再配合，咬著嘴唇低下了頭。這時，導演才皺著眉頭插話。

「韓老師，要先結束拍攝……」

「連舌頭都伸不出來？就是這樣，口條才爛得可以。妳不懂演戲的基礎嗎？妳不知道要怎麼運用舌頭嗎？也對，像妳這種人，舌頭只會用來解開男人的拉鍊，不會在演戲

時用到吧。」

她語氣冰冷，表情優雅地說出一連串低俗的話。這番令人不適的言論效果極佳——配角演員直接跑出片場了。面對這樣的突發狀況，幾個人追了上去，圍觀的群眾也一片譁然。看片場氣氛被搞得烏煙瘴氣，我以為拍攝要中斷一陣子，沒想到韓莉燕卻提出了一個令人出乎意料的提議。

「李導演，可以讓那個人來頂替啊，他們的角色職業相同。」

韓莉燕欽點了我。眾人的目光順勢聚集到默默站在屏風後的我身上。我忽然想起經紀人要我小心的忠告，但即使保持沉默低調好像也沒什麼用。看著她處心積慮硬要把我拉出來，我瞄了導演一眼，而他正為難地用眼神拜託我幫忙。

「導演，我可以演嗎？」

「試試看吧，泰民先生。」導演放心回答後，反問了一句：「對了，泰民先生應該還沒背好臺詞……」

「我已經背好了。」

說完這句話，我便站到配角演員的位置。所有器材再次就位，而我面向那兩人。

「我姑姑目前生病，建議你最好不要提到敏感話題。」

「那請先做好會聽見驚人言論的心理準備。」

「……」

一陣沉默過去，我聽見的不是下一句臺詞。

「你的眼神錯了。」

直到這時，我才轉頭看向度相那傢伙。

「哪裡錯了？」

「跟你對戲的人是我，你為什麼看著韓老師？」

「因為是『驚人言論』。」

「什麼？」

「不是要提醒她做好會聽見『驚人言論』的心理準備嗎？畢竟和她一起來的人，是個用輕浮語氣威脅人的年輕小伙子，看起來一點也不像家屬。因為看似平靜的當事人就在眼前，我才直接對她說話。」

接著又是一陣沉默。要是經紀人在場，大概會焦躁不安地說我幹嘛沒事找事。不過，待在這裡的是因我反將一軍而欣喜若狂的漢洙。我原以為對方不會就此罷休，沒想到情況卻意外地就這麼結束了。他看著我，聳了聳肩。

「這種解讀不錯。」

他給出我始料未及的稱讚後，走到韓莉燕身旁，指著我竊竊私語。兩人同時看著我，噗嗤一笑。那瞬間，我變得和被韓莉燕轟出去的演員一樣不爽。

「李導演，我們趕快一鼓作氣拍完吧。」

導演可能也擔心韓莉燕又變卦，趕緊繼續拍攝。這次沒有NG，一次就過了。耗時許久終於拍完短短一幕，大家都鬆了口氣。然而對我來說，現在才剛要開始。拍攝一結束，那個叫度相的傢伙就看著我喃喃自語──用所有人都能聽到的音量。

「就知道你會自以為是。」

就知道？講得好像很了解我一樣。我回頭看了他一眼，他沒有迴避，反而再次噗嗤一笑。

「我看一些演戲沒多久、缺乏實力的傢伙都會裝模作樣。只學了一點皮毛就得意忘形，彷彿得了獎一樣。」

他的嘲諷音量不大，可除了我以外，好像還有其他人聽到，幾個人再次轉頭朝我們看了過來。我認為這些廢話不值得回應，便準備直接轉身離開。

「我聽說夢想只栽培有實力的人，沒想到什麼阿貓阿狗都收。讓一個連基礎都沒打穩的人飾演這種重要角色，不就是夢想愧對自己業界名聲的證據嗎？」

「如果真的是狗，就有理由收了吧。」

「喔，我聽傳聞說，他是對公司理事張開雙腿才進夢想的，看來他的舌頭在其他地方也很靈活。」

原本鬧哄哄的片場猶如被潑了一桶冷水，再度被寂靜籠罩。

「哪個理事？」

「一個叫尹傑伊的人。」

「喔，他啊？如果是真的，那他品味還真差。」

漢洙一臉氣憤地想向前踏出一步，又在看到我之後堪堪停住。那小子怎麼說我都無所謂，我生氣的是接下來的部分。

「老師，妳之前說過吧？想認識一個人，就要先觀察他身邊的人。如果傳聞屬實，表示尹理事這個人也沒什麼特別的嘛。」

「本來就沒什麼特別的。就算把透過傳聞營造的形象當成盔甲披在身上，如果只是虛有其表，最終註定失敗。要是年紀輕輕就高估自己的能力，自以為功成名就，之後只要經歷一次失敗，就會徹底一蹶不振了。你也要記住這點。」

憤怒在胸腔劇烈湧動。我並不在乎失敗一次之後會不會一蹶不振，可是聽到他們說尹傑伊沒什麼特別的，我真的嚥不下那口氣。說他虛有其表？我不自覺瞪向兩人，度相看著我，淺淺一笑。

「幹嘛那樣看我？」

「因為你們在亂說一個自己不了解的人。」

還以為他會對「亂說」這兩個字大作文章，沒想到他反而笑了，眼神流露出一股「上鉤了」的得意。

「哎呀，那你對他的了解就多到能分辨出是不是亂說嗎？你真的張開雙腿勾引他了？」

「你對泰民哥說這是什麼話！」

漢洙忍不住站出來大喊，但我再次伸手制止了他。與此同時，我聽見韓莉燕挑釁地開口提問。

「就是說啊，我也很好奇。李泰民先生，是因為你對尹傑伊理事張開雙腿，才那麼了解他嗎？」

「至少我知道你們兩個說的話是錯的。」

「我跟我姪子哪裡說錯了？」

喔，姪子。原來是家人，難怪那麼放肆。

「我在問你，我們哪裡說錯了？」

「你們說他沒什麼特別的。」

「不然呢？」

「他是神經病耶。」

「……」

「如果說他沒什麼特別的，太委屈他這個超級神經病了。」

眾人頓時大吃一驚。尤其是漢洙，他瞠目結舌，看著我傻愣在原地。我意識到這是我第一次在大庭廣眾下談論到那小子。太好了，幸好我有表達清楚。

「那還真是有趣。」

韓莉燕打破了沉默。她嘴上說著有趣，表情卻十分冷漠。

「身邊最親密的對象居然說他是神經病？我對夢想的信任瞬間瓦解了。謝謝你告訴我這件事，這為我日後要作出的重要決定帶來了莫大的幫助。」

在冷靜的她身邊，名叫度相的傢伙一臉有趣地盯著我看。

惹事的明明是我，驚慌失措的反而是其他人。漢洙拿著手機衝出去找經紀人，夢想旗下的演員和經紀人則不時偷瞄我。現場唯有趙賢眼神發亮，但他的經紀人卻臉色慘白地打電話給公司，彷彿天要塌下來似的。

才聽說即將推出的電影攸關公司存亡，大家似乎都知道韓莉燕掌握著電影播映的生殺大權。我在拍攝迅速結束後走到外面，思考要不要獨自回一趟首爾。時間已是午夜，要不乾脆走去深夜客運的車站？

「居然說自己經紀公司的理事是神經病？看來你真的跟尹傑伊有一腿。」

大家為什麼那麼關注我的腿啊？況且我們根本不認識。只不過，這個男人似乎知道我是誰，只有我單方面不認識他。突然出現在門後的，是與韓莉燕一起下車時，看了我一眼的人。

「你是李泰民先生吧？很高興認識你，我是鄭義哲。」

他似要和我打招呼，我卻只是靜靜盯著他伸出的手。見我不回應，對方便露出看似和藹的笑容。

「我是真的很高興見到你，因為我想和你打好關係。」

我垂目打量著他。體面的西裝，幹練的髮型，散發著一股適合上班族的氛圍，看起來也慈眉善目。然而，我卻莫名對他沒有任何好感，但又不僅因為他是韓莉燕那邊的人。

「我並不高興，也不想和你打好關係。」

「嗯，無所謂，未來常見面以後，關係自然就會好了。話說回來，尹傑伊的喜好改變真多啊。」

他順口說出了神經病的名字，好像他認識神經病似的。像在等待我的回應，他停頓了一下才繼續說。

「不過，除了我以外，你好像是第一個清楚知道尹傑伊是神經病的人。」

他再次停下，等待我的回應，而我直接轉過身。所以你到底想怎樣？

「李泰民先生。」

我一轉頭，他便訝異詢問。

「你不好奇我是什麼人，為什麼這麼了解尹傑伊，又為什麼對你展現興趣嗎？」

「對。」

「也不好奇我為什麼知道尹傑伊的未來是一片愁雲慘霧？」

「……」

「不好奇嗎？」

「如果你想當算命的，建議去踩炭火跳神[4]，不要來找我炫耀。」

「……炭火？」

「不喜歡的話，你可以改選易燃碳。」

他的嘴角抽動了一下。

4 也稱「跳大神」，是朝鮮巫教（薩滿教）的一種儀式，意在請求神靈附體，其主要作用包括醫病、驅災、祈福、占卜和預測等。

「我是真的想跟你打好關係了。」

他喃喃自語完，將名片塞進我上衣的口袋。

「你之後一定會需要跟我聯絡的。」

他說完愛情片配角的老套臺詞便轉身離去。只可惜，我不是愛情片裡的女主角。我取出名片，將它揉成一團丟進附近的垃圾桶。那傢伙到底是做什麼的？這時，神經病正好傳了簡訊過來。

——聽說你說我是神經病？

看來現場的眾多目擊者認真進行了回報。

——你是啊。

——在韓莉燕面前？

就算是我，這次在回答前也遲疑了。不消片刻，電話便倏然響起。

『真不像你，在遲疑什麼？』

呿。

「有人說你的未來是一片愁雲慘霧。」

『誰？』

「一個叫鄭義哲的人。」

『那是誰？』

「你不認識嗎？他和韓莉燕一起來的，好像認識你的樣子。」

『我不認識他。』

那傢伙到底是誰啊？明明不是氣象廳的人，還擅自進行天氣預報。

『有烏雲也未必是壞事啊。』

未必是壞事，但也不是什麼好事。我的心情十分微妙，還以為他是一氣之下打來的，沒想到聲音聽起來反而意外開心。我停下腳步，垂下目光。

「要是我造成你的困擾……」

『既然有這麼棒的機會，我一定會善加利用，讓你揹上一屁股債。』

也對，這小子是神經病。為人父母一定要知道，要是孩子一向成功，從未經歷失敗，長大後就會變得如此狂妄。

『你又在擔心我了？』

他溫柔地詢問。他先前也問過這個問題好幾次，既然是熟悉的問題，我應該回答「沒有」才對，但這次我還是答不出來。我嘟囔般轉移了話題。

「我只是不想你之後怪罪我。」

『我當然要怪你。』

對，因為這是讓我負債的大好機會。他的思維真的只讓我覺得他是個神經病。明明可以捨去多餘的擔憂，我卻無法輕易做到。擔憂的情緒如同一團抓不住的霧，灰濛濛地遮蔽了視野。我努力無視動盪不安的未來，反正我本就對未來沒有任何憧憬。

「要是真的出了什麼問題，我也會怪你。你的確應該親自體驗一下負債的感覺。」

『……』

「喂。」

沒得到任何回應，我訝異地呼喚他，卻只聽見他懶洋洋的平緩語氣。

『剛才恍神了一下。我在想，要是我重重摔了一跤，你會有什麼反應？』

「所以你想摔一跤嗎？」

『你搞不好會為我心疼耶。』

我只把他的話當成玩笑的延伸。因此，明明可以依照自己的脾氣回嘴反嗆，我卻不自覺這麼脫口而出。

「知道了。」

一陣短暫的沉默過去，他開口問道。

『什麼？』

他的聲音仍然輕鬆。我沒有多想，便再次開口。

「要是你有什麼萬一，我會為你心疼的。」

回答完後又是一陣沉默。我忍不住在內心「咦」了一下，難道他慌了？沒想到，一聲髒話突然傳了過來。

『媽的。』

我皺起眉頭，納悶他為何如此反應。而他接下來的咕噥，讓我明白了他並不是在罵我。

『沒想到工作會干擾到我。』

我不是笨蛋，大概能猜到他說的「干擾」是什麼意思。我說會心疼他，讓他很開心嗎？聽到這個工作狂將工作視為阻礙，我的心情也不算不差。我感覺他真的可能推掉工作不管不顧衝過來，於是好心告訴他一件事實，讓他恢復清醒。

「你不要胡說八道，好好工作吧，愛麗絲的社長才會為你心疼。」

『哈。』

聽見他無言地短笑一聲，我自己也默默笑了。愛麗絲社長真是在任何時刻都能夠讓人猛然回神的存在。該說是一種被潑冷水的感覺嗎？

「去工作吧。」

我準備掛斷電話，卻聽見了他的拒絕。

『不要。』

不要什麼？我以為自己聽錯了，於是再次停下腳步。這時，電話那頭傳來他的咕噥。

『拋下一切，只待在你身邊也不錯吧。』

「哈囉？尹理事，請你去工作。」

『你答對這個問題，我就掛斷電話。』

聽見他的提議，我的第一反應是皺眉。這該死的問答。

「你要問什麼，快……」

等等，我明明可以直接按下結束通話的按鍵吧？不過，已經太晚了，那小子已經開始出他媽的問答題了。

『表示合唱團起源的希臘語，三個字。』

「不知道。」

我又聽見了他短促的笑聲。

『你那樣回答，會讓我他媽的更想上你。』

這個瘋子到底在鬼扯什麼？

「幹，你瘋了嗎？」

『這是正常反應吧。我光是聽到你的聲音就會興奮，卻還要出著他媽的問答題，努力不衝出他媽的辦公室。』

「……」

『聽我說，李宥翰，我已經徹底為你著迷了。』

我一時不知道該說些什麼，忍不住伸手抵住額頭。我不知道該如何回應這種話。平時能用咒罵帶過，但有些時候就是會突然語塞。可能是我想不到其他能逃避的說詞了吧。

「你說是希臘語？給我一點提示，我哪知道希臘語？」

我努力轉移話題，幸好他沒有繼續逼我。雖然他的語氣帶著某種討人厭的笑意，但我只能選擇無視。

『「斯」結尾。』

那瞬間，我想起了一個希臘詞彙。我該不會是天才吧？於是，我理直氣壯地開口。

「宙斯。」[5]

一陣沉默過去，他才緩緩說道。

『你一定會比我早完蛋。』

答錯就答錯，幹嘛詛咒我？不過，他的詛咒似乎一語成讖——網路上出現了關於我的報導。

曾經退學、當過飆車族與討債集團的A某，怎麼能成為新人演員？

報導刊出的當天下午，我便被叫到公司，而漢洙憂心忡忡地迎接了我。

「經紀人已經先被叫過去了，朴室長說是社長親自叫他去的。」

我想起了在公司創立紀念酒會上見過的那個大叔。

「真是奇怪，就算你被爆出負面新聞，社長也不至於親自出面吧？你的知名度不高，報導也沒幾篇，根本不是什麼重大問題吧。」

他說得沒錯，我也覺得被叫來公司很奇怪。以我的知名度，至少要報導我是連續殺人犯，才有機會受到關注吧。

「哥，你還好嗎？」

「還好什麼？」

5 「宙斯」一詞的韓文為「제우스」三個字。

「你說呢！都爆出那種新聞了！」漢洙說完又咬住嘴唇，彷彿受傷的人是他。「哥，你不用因為那種垃圾報導難過，反正刊登的是一間默默無聞的媒體，而且也沒有公布你的名字。雖然大家好像還是猜出來了。」

「我不難過。」

「那個瞎掰故事還寫成報導的傢伙真該遭天譴！」

「那在一定程度上是事實。」

「哥，你不用同情記者，他寫你在貸款公司工作，威脅恐嚇別人耶，這像話嗎？」

「像話。」

「我就知道。」

你就知道什麼？比起撰寫報導的記者，立刻贊同的這小子更討人厭。漢洙若有所思地凝視半空中，喃喃自語。

「我和經紀人之前就猜你以前混過黑道……」

要不我現在立刻恢復黑道身分修理你們算了？

「可是那些都是過去式了，你來這裡之前，還做了四年多的宅配工作。那些都是很多年前的事了。靠，哥，你不要在意別人說什麼，好不好？」

「我不在意。」

「也絕對不要去看新聞底下的留言，不需要看那些人罵你是流氓，還說你沒資格上電視！」

「只要你閉嘴就好。」

「有些人就是喜歡對別人酸言酸語，幹，我都覺得委屈了！」

感覺不管我說什麼他都聽不進去，於是我無奈地補充一句。

「他們又沒說錯。」

這時，漢洙終於閉上嘴巴。我向他繼續說道。

「我做的事的確應該被罵。」

「我知道，但那些都已經過去了嘛。你現在是多好的人啊。」

真神奇，我居然有被說是好人的一天。

「過去的我也是我，並不會因為我現在沒做壞事，以前的所作所為就可以當沒發生過。經紀人是什麼時候被叫去的？」

「那如果過去的事影響到現在呢？你不是對過去感到懊悔、認真重新開始生活了嗎？你現在已經反省和改過自新了，要是被過去的事情影響……」

「這都要怪我自己。」

「……」

「而且你不要隨便說我有反省和改過自新。」

「不要。」

什麼？

「你有沒有反省我不清楚，但你現在確實已經改過自新了啊。這次在片場的事情也是，大家看到你替被韓莉燕和蔡度相針對的演員反擊，心裡有多痛快啊。不是每個人在那種情況下都能見義勇為，畢竟對方是韓莉燕。」

「你不要擅自解讀，片場那件事只是我覺得很煩而已。」

「對，那就叫見義勇為。」

見你個頭。

「不要一直胡說八道好嗎？要不要讓你見識一下真正的見義勇為？你憑什麼評斷我？看完新聞就罵我的那些人，和因為熟識而評斷我的你，都一樣在鬼扯。所以給我閉嘴，臭小子。」

我語氣凶狠，像真的會賞他一拳似的。我以為做到這種地步，他就會閉上嘴巴，無奈的是，他卻看著我笑了。

「原來你也覺得我們很熟了。」

這次換我啞口無言了。

「哥，你對自己太嚴格了。你根本聽不進旁人的讚美，導演一直大力稱讚你耶。劇組的人一開始都說你木訥、難親近又不討喜，現在大家都因為你對工作人員很好、總是遵守約定，而且認真演出幾乎不ＮＧ，所以非常喜歡你。被韓莉燕針對的演員也請我替她轉達謝意，感謝你替她出了一口氣。除此之外，特技組的人也說你是他們合作過最棒的演員……」

一大串稱讚突然從他口中脫口而出。我感覺最近經紀人和漢洙好像都習慣我的脾氣了，這導致他們現在基本上暢所欲言，根本不受普通威脅影響。那我只好轉移話題了。

「三個字，合唱團的起源，希臘語。」

「還稱讚你從來沒發過脾氣……嗯？什麼？」

「三個字，合唱團的起源，希臘語。你猜猜看，猜對的話，我請你吃冰淇淋。」

聽見冰淇淋，漢洙立刻睜大眼睛。

「寇若斯（Chorus）[6]！」

……他怎麼知道？

「哈哈！猜對了吧？這是我參演《安蒂岡妮》[7]舞臺劇的時候學到的，趕快請我吃冰淇淋。」

「拼出來。」

「……」

「三、二、一。」

「K……K……」

「錯了。」

---

6 希臘語 χορός。「歌隊（Chorus）」一詞最早出現在古希臘戲劇，是一種人聲齊唱的表演形式，後隨著紐約百老匯音樂劇日漸成熟，也被大量使用在音樂劇當中。在韓文中，存在以漢字語標示的「합창단（合唱團）」與以外來語標示的「코러스（Chorus）」。

7 Antigone，希臘神話中底比斯國王萊瑤斯之子伊底帕斯與王后柔卡絲塔在不知情的情況下，亂倫生下的女兒。悲劇作家索福克里斯和尤里比底斯都寫過以安蒂岡妮為主角的劇作。

「——！」

我拋下震驚的漢洙，愉悅地轉身。幸好漢洙是個笨蛋。正當我這麼想的時候，接獲了經紀人的聯繫。說著「你得來一趟了」的他，語氣十分堅決。

「韓莉燕那邊的人來公司了，聽說韓莉燕本來要親自過來，卻突然暈眩症發作，進了醫院。也不知道她是不是只吃養生食物，沒攝取到鐵質？總之呢，號稱是韓莉燕親信的人代替她過來，自稱什麼顧問公司，朴室長說那間公司在美國承辦了韓莉燕前夫的案件。」

我突然想起了一個名字，便開口問道。

「是鄭義哲嗎？」

「喔？你怎麼知道？」

「他也跟韓莉燕一起來片場了。」

「片場？他又不是經紀人，幹嘛去片場……啊，說不定——」經紀人面色凝重地看著我，「說不定他是去看你的，韓莉燕有可能是故意和你發生衝突，不然現在的情況根本說不通。我名義上是因為你的負面新聞被叫來，但坦白說，以你的知名度，被爆出那種新聞不至於讓公司社長親自出面處理吧？社長如此看重這次件事，應該是你背後的尹理事。過來找碴的韓莉燕一伙人，大概也是衝著尹理事來的。」

「為什麼要衝著他來？」

「因為他是公司的核心。我猜是這個原因，他們才會找來熟識尹理事的同學。」
「同學？」
「那個鄭義哲好像是尹理事的同學。」
喔，同學，所以才會一副認識他的樣子。但尹傑伊難道連自己的同學都不記得嗎？
「他們在美國好像就讀同一所大學，但只是同校而已，兩人不是很熟的樣子。但其中一個人清楚記得另外一個人，一定是有原因的吧。」
依照神經病的個性，鄭義哲之所以記得他，一定不是什麼好事。他該不會打算復仇吧？就在這時，祕書出來叫我進去，經紀人本想陪同，祕書卻制止了他。
「社長要求李泰民先生獨自前往。」
我將經紀人不安的目光拋諸身後，走進小會議室。夢想的人和韓莉燕的人隔著一張長桌面對面。夢想陣營有尹傑伊與一個看起來像公司高層的人；韓莉燕陣營則有鄭義哲和蔡度相，經紀人畏懼的社長並不在場。即使他不在，一定也在某處看著吧。我盯著牆上看似是監視器的黑色半圓球體，淡定地坐到位子上。我一坐下，夢想幹部便開口要求坐在對面的人。
「來，當事人已經照兩位的意思出席了，現在請兩位說說看吧，韓莉燕女士因為這名演員而不能相信我們公司的理由是什麼？」
夢想幹部提高了音量，對方卻沒有立刻給出答覆。鄭義哲不理會他，率先向我問好。
「很高興見到你，最近過得還好嗎？啊，因為新聞的關係，這種問題會讓你不自在嗎？」

不自在。確實，與神經病在他以上司身分出席的場合相見，總是令我十分尷尬。我刻意不看神經病，反問鄭義哲。

「請問你是？」

他頓了一下，又噗嗤笑了。他好像以為我在開玩笑，但我可是擺明了要無視他呢。

「哇，虧你演戲的時候那麼自以為是，你的記憶力好像很差耶。你還記得我嗎？我跟你一起拍過戲，你認得我是誰嗎？」

蔡度相那小子將臉湊向我。我瞟了他一眼，同樣無視了他。蔡度相向鄭義哲指著我，噗嗤地笑了。

「他好像怯場了。」

「這個嘛，比起怯場，他看起來更像討厭這個場合。」

他露出「難道不是嗎」的笑容看向我。我無可反駁，只是靜靜盯著他看，又倏地感到有些脊背發涼。我悄悄挪動目光和神經病對視，下意識坐直了身體。所以說，我又沒做錯事，為什麼總是莫名有種犯了罪的感覺？

「鄭義哲先生，當事人已經來了，請你趕快進入正題。」

夢想幹部轉移話題後，鄭義哲的目光終於從我身上離開。

「我已經切入正題了啊。」

「你剛才說的話太離譜了吧？突然扯到信任問題，還因為信不過我們公司，一再推遲合約……」

「推遲？是雙方意見不同才會持續協調吧？這次韓理事本來想親自出席，徹底解決這件事，是你們那邊又惹出問題。」

「到底有什麼問題？就因為我連名字都不知道的演員爆出負面新聞？」

「那也是其中一個原因。」

「所以他為什麼……」

「到底要我說幾次？這是信任的問題。韓理事比任何人都重視與合作伙伴的信任關係，如果我們要信任的對象是個『神經病』，不管是誰都會重新考慮這樁交易吧？啊，你不是還說尹理事不是普通神經病，而是超級神經病？」

鄭義哲看著我開口問道，與此同時，眾人的目光也聚焦到我身上。在這種情況下，我能做的事並不多，只能默默笑著。坦白說，我也的確覺得很好笑。夢想幹部銳利的目光如同箭矢般掃射過來，接收到他彷彿咆哮著「笑什麼笑」的責問，我低頭裝出反省的樣子。

「李泰民先生知名度並不高，而且剛加入我們公司沒多久，我不明白韓理事為何如此在意一個根本就不重要的人所說的話……」

「你居然說他不重要？我們也是有耳朵的。演藝圈幾乎每個人都知道，李泰民先生是尹理事的愛人，還有人說他們目前正在同居，難道不是嗎？」

這次眾人的目光轉而聚集在尹傑伊身上。他從剛才就坐沒坐相，盯著桌子某處陷入沉思。可能對於這番你來我往的討論不感興趣，即使眾人看向自己，他也沒有抬起視線，直到一旁的夢想幹部呼喚了幾聲，他才終於抬起頭來。

「這個圈子的傳言豈止一兩則？也有人說韓莉燕理事和K娛樂公司的代表，一週前一起待在國外的別墅你儂我儂啊，這是真的嗎？」

鄭義哲用微笑回應了這句話，蔡度相卻沒好氣地開口。

「要是你無憑無據，隨便造謠我姑姑，我會採取法律行動。」

他語氣強硬，尹傑伊卻看都不看他一眼。蔡度相一臉憤怒，準備再次開口時，鄭義哲從旁制止了他。

「他不是會無憑無據亂說的人。」

他居然站在我們這邊？不過，尹傑伊似乎對此不太滿意，只見他彎起嘴角，平靜地開口。

「你好像很了解我？」

「據我的了解，你沒有愚蠢到會在這種場合故弄玄虛。」

「我也對你有一些了解。」

「你了解什麼？」

「你居然愚蠢到會在這種場合說你了解我。」

鄭義哲噗嗤一笑。

「真意外，雖然是同學，但你應該沒和我說過話吧？」

「我認得你的長相。」尹傑伊輕描淡寫地說完，又想起什麼似的繼續說道：「我至少要記得恩人的長相啊。」

「恩人？我嗎？」

鄭義哲傻眼地笑了。儘管非常短暫，他的眼神卻瞬間變得犀利，似乎是想弄清楚尹傑伊是否是為了刺激自己而說謊。他當然是在說謊啊，嘴上說是恩人，和我講電話時，卻連對方的名字都不記得。鄭義哲大概也得出了和我差不多的結論。

「看來是我搞錯了，你在這種場合也會故弄玄虛呢。沒想到尹傑伊先生居然變成這樣，真讓人驚訝，這就是愛情的力量嗎？」

他一邊說，一邊對著我笑了笑。他真是太不了解神經病了，所以現在才笑得出來。這時，另一個不了解神經病的人開口插話。

「那種愛情還真是偉大，居然不介意愛人到處說自己是超級神經病？他可是在重要的合作公司的理事面前，大言不慚說你是超級神經病耶。你知道我姑姑正是聽到了此番言論，才認為夢想的尹理事不可靠吧？既然最親密的愛人視你為超級神經病，還會有其他更精準的形容嗎？當然，我個人認為尹理事就算是超級神經病也很有魅力，但做生意是另一回事。我姑姑沒辦法和一個可能背叛我們的超級神經病合作。」

蔡度相的演技似乎經過姑姑的訓練。在這一長串的廢話中，「超級神經病」幾個字透過他清晰的咬字傳入眾人耳中。不過，並非所有人都像我一樣感嘆他的口條，夢想幹部已經毫不掩飾地露出傻眼的表情。

當事人自己不現身，派年紀輕輕的姪子過來，還搬出如此荒謬的藉口，連我都覺得有些牽強。他們的意思顯然是「我們一定要找個藉口取消和你們的合作，改支持K娛樂公司」。那倒不如直接拒絕合作，何必拿出這種拙劣的理由？

「韓理事和娛樂公司的代表交情好到會一同出遊，為了公然支持K娛樂公司，所以編造拙劣的藉口想把夢想一腳踢開——剛才各位的腦中一定浮現了這種誤會吧？」

鄭義哲笑得一副「你們在想什麼我都知道」的樣子，而夢想幹部則出言反駁。

「所以你的意思是，這不是誤會嗎？」

「對，這是韓莉燕理事個人的經商哲學，只是不幸地與目前率領夢想的尹理事不合。我們理事看人的時候，會特別留意對方身邊的人。雖然李泰民先生用超級神經病來形容尹理事也是個問題，但她對昨天爆出的新聞更是大失所望。李泰民先生的過去相當驚人啊，夢想怎麼會收這種人呢？真是令人匪夷所思。」

儘管成為了話題中心，這次卻沒人看向我。畢竟我一開始就只是為了引誘尹傑伊上鉤的餌，大家只盯著尹傑伊，想看他會做何反應。但他沒有任何動作，反倒是一旁的夢想幹部犀利地反問。

「如果問題出在尹理事身上，只要解決這個問題，你們就會認真協商了嗎？就會和我們合作，而不是K娛樂公司？」

「那當然。」

鄭義哲回答得乾脆，接著聳了聳肩。

「其實我也認為不需要見面商談，但韓莉燕理事希望能確認清楚。」

「要怎麼確認？否認尹理事是超級神經病嗎？我們一直共事，可以由我來證明吧？」

「那可不行，既然和他最親近的李泰民先生說他是超級神經病，至少他要收回這句話，我才有辦法向韓理事澄清這是一場誤會。」

鄭義哲說出這番話的時候，一隻眼睛朝我眨了一下。我無言地望著他，他不知道在高興什麼，笑得更開懷了。那傢伙究竟為什麼……我忽然一驚，又感覺脊背有些發涼。我悄悄挪動目光，和神經病四目相交。此時他正面無表情地看著我，我突然懷念起笑著發神經的他了。

「哎呀，做人不可以出爾反爾吧。」蔡度相在一旁幸災樂禍地插嘴，直盯著我看。「他以前可是在貸款公司工作、到處耍流氓的人耶，為了逃避某種情況而說謊，對他來說根本不算什麼吧。他從高中就當飆車族、霸凌同學，出社會後還不分年紀欺壓弱小。就算在電視劇中飾演了正義的角色，本質上還是一個垃圾，那些讓人不齒的毛病根本不可能徹底消失。」

蔡度相盯著我的目光，充斥著濃濃的憎恨。我沒有動怒，反倒有些訝異。這小子為什麼對我的過去如此敏感？彷彿他是受害者一樣。這時，他將目光轉向尹理事。

「如果要化解我姑姑的誤會，不該找李泰民先生，應該由尹理事親自說明吧，比方說『他說的不是事實』或『我們什麼關係都不是』。怎麼樣？尹理事，李泰民先生真的和你關係匪淺、張腿勾引你嗎？還是說，他是個滿口謊言的流氓呢？」

這個王八蛋。即使知道這番低俗言論顯然是挑釁，我還是忍不住有些憤怒，差點直接飆罵出聲。不過，我依然勉力保持沉默，他明目張膽使出如此幼稚的手段，反而令我好奇他究竟想做到什麼地步。除此之外，我也終於明白他們為什麼處心積慮安排這場會面。他們刻意這麼做的目的一目了然——顯然是硬碰硬沒勝算，打算以冷嘲熱諷刺激對方。

眾人的視線再次聚集到尹傑伊身上。要是他承認與我的關係，和對方的協商將會破局；要是他否認了，也註定傷及自尊。我意識到是自己害情況演變成如此糟糕的境地，但就算沒有我，他們應該也會想盡辦法詆毀尹傑伊吧，我只是剛好主動踩進陷阱罷了。幸好尹傑伊向來懶得回應這種挑釁，一旁的夢想幹部憤怒地開口。

「尹理事，請你不要做出任何回應。在商談合作的重要場合還要使出連幼稚園小朋友都不如的手段，表示他們心裡早就有答案了，我們不需要蹚這灘渾水。」

「渾水？醜八怪大叔，你言重了。我姑姑哪會平白無故誣陷別人？哇，人品不就是一切的基礎嗎？注重人品難道錯了嗎？」

「你說誰是醜八怪！我知道你代替韓理事出席，但你明明不清楚這件事的細節，還貿然出頭……」

「兩位都別說了，蔡度相先生雖然說得有些誇張，但也不算說錯吧。你說我們平白無故詆毀別人？絕對不是，我們非常認真。韓理事說如果能順利化解誤會，夢想的提案就還有商議的空間。」

鄭義哲說完，夢想幹部便搖了搖頭。

「這是什麼離譜的……尹理事，你打算怎麼做？」

「我來徹底化解誤會吧，不過，我希望直接和當事人面談。」

「這沒辦法，韓理事目前人在醫院。」

「那等她出院後，我再向她說明吧。我們過往挑選合作伙伴時，只看公司利益，聽到韓理事的經商哲學，我也想當面向她學習呢。畢竟韓理事在兩段婚姻中都涉嫌殺害丈夫，還為此對簿公堂，讓我非常在意。」

涉嫌殺害丈夫？我突然想起了那個故事──尹傑伊從美國出差回來後隨口提起的故事。那個殺死丈夫的婦人就是韓莉燕嗎？

「你說話小心點！什麼叫涉嫌殺害？那是其他人為了爭奪遺產、欺負我姑姑而散播的謠言！法院已經確認那不是事實了，身為夢想的理事，你要顛倒是非嗎？」

蔡度相激動地站了起來。儘管在鄭義哲的極力制止下坐回原位，他仍忿忿不平地瞪著尹傑伊。

「姑姑為了這件事，內心受了多少煎熬。那些記者把自己捏造的故事當成新聞發布，導致大家現在依然嚴重誤解她。」

鄭義哲輕拍他的肩膀，強硬地對尹理事說道。

「這件事已經有明確的判決結果了，請不要再說她涉有嫌疑。要是再無故提起這件事，我們將採取法律行動。而且韓理事的病情雖然不嚴重，但仍需要靜養，我不打算轉述可能讓她勞心費神的消息。」

「你說病情不嚴重？但聽你的形容，似乎相當嚴重呢。那麼勤於運動、透過自然療法養生的人，健康卻出了大問題。虧她先前還透過書籍、影片和電視節目大肆宣傳自然療法……」

「姑姑只是輕微暈眩症發作，醫生說是暫時性低血壓，沒有什麼大礙。」

蔡度相不耐煩地插嘴。這時，我發現尹傑伊的眼神不太對勁，他似乎發現了什麼有趣的事，眼神閃亮得彷彿即將綻出笑容。韓莉燕低血壓發作也不算奇怪吧，為什麼那小子看起來很興奮的樣子？但我的想法顯然大錯特錯，只見他漫不經心地問道。

「暫時性低血壓？我聽說K娛樂公司的蔡代表平時患有高血壓，每天都必須吃藥，難道韓理事是為了照顧代表，不小心疏忽了自己的血壓嗎？」

這些人為了韓莉燕的健康氣得臉紅脖子粗，我原以為他們這次也會出聲反駁，意外的是，兩人卻一語不發。不久後，鄭義哲再次重複剛才說過的話。

「我再說一次，韓理事的健康只是暫時出現問題，用不著你費心。」

「確定只是暫時的嗎？」

「對，我沒理由說謊。」

「真是個令人開心的消息。」

尹傑伊露出笑容。那並不是他慣常的假笑，究竟是什麼讓他那麼開心？

「那現在只要我解開韓理事的誤會就好了。」

神經病說完，夢想幹部才第一次瞥向我。是怕我內心受傷嗎？怎麼可能？我反倒覺得尹傑伊不如乾脆說我是大騙子，趕緊終結這種莫名其妙的情況還比較好。畢竟我也知道這是一場幼稚的陷阱，尹傑伊肯定不會讓他們得逞……

「李泰民先生和我的確關係匪淺，他每天都對我張開雙腿，而我也每天都跟他上床。」

……什麼？

「今天早上我也在玄關抓著準備出門的李泰民先生做愛，這下你們知道我們的關係多親密了吧？」

短短幾秒的時間，沉默倏然籠罩了整間會議室，而最先回神的人是我。幹，神經病這個臭小子！

「你到底在講什麼鬼話！」

「怎麼？你不記得了？你不是擔心玄關的感應燈一直亮會增加電費嗎？因為你實在太可愛了，所以忍不住多做了一次，害我也差點遲到了。」

「幹，你閉嘴，幹嘛現在提起那種事！」

「為什麼不可以？」

可惡，這個發瘋的神經病。我傻眼地轉過頭，才看見了周遭人們的反應。夢想幹部扶著額頭，好像頭很痛的樣子，而蔡度相驚訝地張大嘴巴，只有鄭義哲保持著禮貌的笑容。噢，幹。

「感謝你的詳細說明，這樣我弄清楚兩人的關係了。不過，既然你承認李泰民先生的說法屬實，這次合作恐怕沒辦法依照夢想希望的方向談下去。當然，也不是說完全沒有彌補的方法。」

聽完這番話，神經病笑了笑。

「那個方法就是讓我離開夢想吧？」

我和夢想幹部同時吃驚地看向他，我們還來不及開口，鄭義哲便率先出言挑釁。

「如果你願意負起責任，那確實還有機會商談，但你不可能真的退出吧。」

「不，我會負責。」

「尹理事！」

夢想幹部大聲嚇阻，神經病卻向鄭義哲證實。

「我會卸下夢想的理事職務。」

我的思緒十分複雜。直到現在，我仍無法理解神經病的行為。那小子根本不是會回應對方挑釁的人，他不負責任惹事的荒謬行為，背後一定另有考量。只是我始終想不透，他選擇落入那些人設下的陷阱，究竟是出於何種原因。

「經驗和年紀果然騙不了人。」

我聽見夢想幹部的喃喃自語。我一盯著他看，他也瞄了我一眼。

「明明清楚知道那些人別有居心，他還是上鉤了。有些時候即使理性上清楚，仍會因為內心不成熟的想法而誤判情勢，尹理事剛才就是這樣。」

「他說不定是故意上鉤的。」

「甚至不惜交出理事職位？就算他是夢想的第二大股東，上場比賽和坐板凳還是不一樣的。」

他已經捐出從老家那裡拿到的所有遺產，現在應該連大股東都不是了吧？

「那些人幼稚地緊咬不放，他一時大意，才會徹底中計。連我也沒想到，尹理事遇到關於你的事，居然會這樣乖乖上鉤。所以我才說他太年輕了。」

夢想幹部搖了搖頭。比起一時大意，「太年輕」這幾個字聽起來反倒更加刺耳。

「如果年紀決定能力，年紀更大的公司幹部豈不是應該展現比尹理事更優秀的能力嗎？」

「對，年紀不是能力的指標。不過，要是經驗豐富、歷練夠多，就不會被捲入今天這種事了吧？至少不會為了不讓眼前的愛人失望而不顧大局。即使有瞬間的情緒波動，也應該盤算自己能獲得哪些實質利益，就算能力再怎麼好，要是在關鍵時刻犯下失誤、失去一切，就只能歸咎於年紀了，不是嗎？」

「真是奇怪了。」

「什麼？」

「我也還算年輕，但我知道現在沒辦法判斷這件事是不是失誤。」

聽見我這麼說，他皺起眉頭。

「你仍然認為尹理事是經過理性評估，才作出這種決定的嗎？」

「我也不清楚，但我認為尹理事無論遭遇什麼困難，都能夠翻轉局勢。」

他顯然不同意我的想法，只見夢想幹部無奈地笑了。

「你們的愛情真偉大，喔，我不是在挖苦你，只是感嘆年輕真好。嗯，韓莉燕和K娛樂公司大概也是因為這點，才會針對尹理事。」

這就是我搞不懂的地方。為什麼非得是尹傑伊？又不是尹傑伊卸下理事職務，夢想就會突然倒閉，後續還是會有新理事上任，公司也會照常運作下去。如果想摧毀夢想，應該針對社長才對吧。然而，夢想幹部解答了我的疑惑。

「應該是金會長的關係。」

我想起幾個月前和尹傑伊交手的那條老蛇。

「金會長並不是只對我們出手，他明面上鎖定的目標是夢想，私底下也想掌控K娛樂公司和韓莉燕的電影發行公司。韓莉燕的電影發行公司，股價曾因金會長而暴跌呢。那時韓莉燕他們根本束手無策，被金會長耍得團團轉。就算金會長那時對夢想收手，不出意外的話，他也能掌控K娛樂公司與韓莉燕的電影發行公司，然後捲土重來，再次出現在我們面前。但結局是，他死了。」

他瞟了我一眼，呢喃了句「時間點太巧了」。他好像想詢問些什麼，但猶豫片刻，還是直接歸納出結論。

「應該是這個緣故，畢竟尹理事是成功擊潰金會長的人。」

「如果金會長對K娛樂公司和韓莉燕的電影發行公司構成威脅，他們難到不應該感謝尹理事嗎？」

「感謝？哈哈，你還真是天真。如果有人開槍擊斃曾經拿刀抵著我脖子的人，倖存下來的我，當然要趕快消滅對方啊，畢竟槍比刀可怕多了。」

他剛說完，門就被打開了，社長的祕書走了進來。見狀，夢想幹部自然而然地站起身。大概是尹傑伊稍早先被叫去社長辦公室，他認為現在輪到自己了，殊不知，祕書轉頭望向我的方向。

「李泰民先生，社長請你進來。」

「合約這種東西真方便，只要寫滿密密麻麻的內容，就可以在其中暗藏勒緊對方的陷阱。對於中計的人而言，那是斬斷脖子的利刃；但對我來說，沒有比這個更棒的把柄了。」

在創立紀念酒會上總是笑臉迎人的和藹社長，如今面無表情，自顧自地說著。

「尤其是『若做出妨害演員活動的行為，經紀公司得視嚴重性，請求包含終止合約和限制活動在內的損害賠償』這部分，簡直太棒了。我看不順眼的傢伙都是栽在這裡，毫無例外。」

他抬起目光望向我。

「我不在乎你以前做過什麼，只關心那些事情會不會影響公司。先前一直放任不管，並不是我沒發現你不堪的過往，而是尹理事喜歡你，我需要等到他厭倦你、拋棄你為止，畢竟人心是善變的。」

「……」

「要是沒有這件事，這樣的新聞也不會導致你被懲處，除非你在首爾大街上引爆炸彈，不然誰會對你感興趣？拿這件事來說，大家只會在留言區酸言酸語幾句，隔天轉頭就忘了。電視劇討論區應該會出現一些抗議貼文，但只要置之不理就好。我再重申一次，沒人在意你──除了一個人以外。問題就出在那個人是尹理事，事情也因此變得糟糕透頂。」

他似乎想表現出糟糕透頂的心情，眼睛沒有任何笑意，只有嘴唇微微彎起。

「你回答我，尹理事對你的喜歡，多到他願意為你放棄理事職位，那你有多喜歡尹理事？」

突然被問了一個當事人都沒問過的問題，我一時有些啞口無言。

「回答不出來？那我換個問法吧，你對尹理事的喜歡，有多到願意為了他著想，什麼事情都肯做嗎？」

「什麼才叫為尹理事著想？」

「讓那小子繼續留在公司擔任理事，保住工作和顏面。坦白說，我不在乎他喜不喜歡男人，他工作能力極強，我想盡可能留住他。不過，假如公司必須承擔巨大損失，那我也只能慎重考慮了不是嗎？你知道我現在有多煩了吧？」

「我不清楚，也看不太出來。」

他看著我，噗嗤一聲笑了。

「那我就表現出來吧。我要向你求償，我會透過所有能採取的行動，讓你一輩子官司纏身，再也無法踏足演藝圈。聽說你在貸款公司工作過？我也可以讓你揹上一大筆債，就算拚命工作也還不清。到最後，你就只剩最後一條路可以走。」他看了我一眼，強硬地繼續說道：「主動和尹理事分手，再去向韓莉燕下跪道歉，說那些話是騙人的。那麼做的話，我至少可以讓你在這個圈子重新立足。」

「……」

「我先警告你，最好別仗著尹理事會出手幫忙，就隨便耍嘴皮子。要是你拒絕我的提議，我也會一併向尹理事提告。看是要你們兩個一起下地獄，還是你自己承擔，你選吧。」

我沒能立刻回答，但並非猶豫要選哪一項。只不過，社長似乎誤會了我的沉默，還加以脅迫。

「要是你認為尹理事持有公司股份，我也拿他沒轍，那你就誤會大了。既然那小子被愛情蒙蔽雙眼，還讓公司蒙受損失，我也會豁出一切，讓他遍體鱗傷被趕出公司。拜你所賜，尹理事會嘗到人生中最慘痛的失敗滋味。」

我停下腦中思緒，望向他。

「請確實核算經紀人的薪資津貼。」

「什麼?」

「經紀人即使不休假、連續工作一整個月,也從未領到應有的津貼。練習生常借不到教室,請二十四小時開放練習室,讓練習生至少能在凌晨時段借用空的練習室吧。此外,也請公司協助媒合練習生參與小規模的舞臺劇演出,當作練習的一部分。即使是不賺錢的工作,如果演員想參與,就任由他們去吧。並不是要求公司提供支援,只是演員撥出個人時間參加,不會影響其他工作。」

「現在不是抱怨這些雞毛蒜皮小事的時候吧?」

「對了,公司餐廳沒有營業的時候,也請擺放一些簡單的零食讓大家享用。練習生奢望的不多,就算只有熱水和泡麵,在三更半夜也是山珍海味。」

我大致說完自己的想法後,繼續對社長說道。

「如果社長願意答應上述這些要求,我會試著說服尹理事。」

「說服他什麼?」

你真的不知道嗎?我感到訝異,一本正經地回答。

「請他不要再拿這件事,對社長發神經。」

我當天就知道社長如何回覆我的提議了——我被趕出了公司。確切來說,是被調去名義上的子公司。我被放逐到一個主要業務不是藝人經紀,所以沒有經紀人、沒有為我安排工作的員工、也沒有人管我的地方。

聽說如果徹底開除，就可以跳槽去其他公司，所以通常會以這種方式處理旗下藝人。除此之外，我也必須搬出神經病的家，因為新公司規定藝人必須住在公司指定的宿舍。當然，那是今天才祭出的規定。

「不會太久的，大概幾個月，不對，快的話，你幾週就能回來了。我、我會想辦法讓你回來的，好嗎？」

這個嘛，有傳聞說社長和神經病為了這件事，在社長辦公室大吵一架。而且社長還恐嚇我，說要讓我一輩子官司纏身，在演藝圈被徹底封殺。當然，我並不畏懼，也沒有焦慮或不高興，內心甚至平靜得不可思議。需要安慰的，反倒是聲音顫抖的經紀人。

「你一定覺得很委屈，但還是別放棄，耐心等待吧，總有一天會等到機會再次降臨，你先藉著這次機會休息一陣子，多多練習，之後一定……」

「經紀人。」

「嗯？」

「謝謝你這段時間的照顧。」

我鞠躬致意，經紀人卻驚訝地後退幾步。

「你幹嘛這樣道謝？把我剛才說的話當什麼了？就說你一定會回來了！你很快就會重新開始演戲，你會演電視劇，還要拍電影。你只要忍耐一、兩個月就好，我說真的。哪怕要對社長下跪，我也會把你帶回來的。」

「就算不是幾個月，要等好幾年也沒關係，沒必要做到那種程度。」

「怎麼可能沒關係？我不能眼睜睜看著你好幾年都沒工作，不管要做什麼我都願意。」

「許多演員好幾年也接不到一個角色，我至今都是運氣好，不會因為幾年沒工作就感到委屈。」

「我會替你委屈啊，你好不容易開始想演戲，止步於此實在太可惜了。每個人都能看出你對這份工作的認真投入，你當我不知道你是真心喜歡演員的工作嗎？」經紀人憂心忡忡地看著我，繼續說：「只是啊，不知道為什麼，有時候我會感到不安，深怕你毫不留戀就放下自己喜歡的事。」

「……」

「我聽漢洙說，你認為不管自己的新聞處理結果如何，你都應該理所當然接受？也認為人們罵你是理所應當？」

「他們又沒說錯。」

「對，可是要那樣想很不容易吧？」經紀人沉思般凝視著空中，又想起什麼似的開口：「前陣子，劇組有個人說你像出家人。」

出家人？怎麼突然這樣說？

「仔細想想，這個詞用來形容你真貼切。你雖然過著平凡的生活，但日常幾乎只有不斷練習演戲，根本沒有任何娛樂可言。賺到錢也只拿最基本的生活費，剩下的就因為不需要而不收。嗯，錢的確不重要，但金錢以外的方面，我也沒看你為自己做過什麼。甚至連劇組的人都說，沒看過像你這種只會腳踏實地工作的演員。」

「為什麼突然說這些？」

「我只是在想，你的行為是不是受到過去的影響。這次看到新聞，我也嚇了一大跳，沒想到你過去做過那些事。萬一你仍對此心懷罪惡……」

「經紀人，你真的對我誤會大了。」

誤會？他一臉疑惑地反問，而我向他點了點頭。

「我的確對過去的事感到懊悔，但對於因我而受傷害的那些人，我並未感到愧疚。我沒有善良到會因此自我反省。就算沒有我，向貸款公司借錢的人也會遭遇同樣的事情。要是他們想挾怨報復，那也是他們的事；要是他們對我造成麻煩，我也會反擊。我現在不做壞事、認真生活，並不代表我變得善良或改邪歸正。」

無論現在還是過去，任何壞事我都敢做。我只是不想做，並不是做不到。或許我仍是個惡劣的傢伙，不，我就是個徹底的混帳。我依然是我。或許神就是因此才奪走唯一能讓我感到愧疚的家人，讓我即使內心反省、過得像個出家人，也必須一輩子被罪惡感壓得喘不過氣。

已經過了下班時間，這裡許多地方依舊燈火通明。有正在練習的練習生，也有出外勤回來的經紀人。大家三五成群聊著天，話題的中心似乎是神經病。

「這下子我們自由囉？哇，我第一次遇到像尹理事這麼可怕的上司，年紀輕輕又雷厲風行是好事，但還是要給人一些喘息空間吧？幹嘛封鎖所有賺外快的門路啊？搞得現在連招待費都撈不到……」

我一出現，他就不繼續說了。他們瞄了我一眼，走進電梯。當電梯門關上，我聽見有人開口說道。

「聽說尹理事是因為那傢伙才說要卸下職務？所以說，讓沒經驗的年輕傢伙當上理事，本身就是個錯誤嘛。」

年輕就不能當理事嗎？而且就算那小子是普通員工，也會同樣囂張吧。理事這個身分似乎比他沒禮貌的個性還常挨罵，實在令人惋惜。真希望人們不要戴著有色眼鏡看他，那樣大家就會和我一起稱呼他為神經病了。

也不知道是不是這個原因，我如同獨立宣言般的呼喊最後成為迴力鏢飛了回來。我被趕出經紀公司後，有人說尹理事的去向將在幾天後確定。看來他沒有因為卸下理事職務就徹底離開公司。

畢竟是韓莉燕一伙人樂見的結果，公司極有可能降職妥協。話雖如此，要是神經病拒絕配合就沒戲唱了。我抵達他的辦公室時，他的組員都還沒下班。眾人似乎忙昏頭了，沒人發現站在門口的我。

我不禁懷疑，他們是不是明天就得清空座位徹底搬走。我看神經病好像也很忙，便轉身前往天臺。我剛走進樓梯間，就聽見朴室長講電話的聲音從底下傳了過來。

「親愛的，對不起，去不了我也很難過，嗚嗚嗚。」

朴室長又在哭了。這種情景一再反覆出現，我是真的忍不住開始懷疑朴室長妻子的喜好了。

「不，不是，這真的是最後一次了！等這件事忙完，就不會像這樣加班，說不定還會直接換部門……」

我聽著他繼續咕噥，一邊走上樓梯，然而，朴室長說的話讓我再次停下腳步。

「什麼打擊？他現在多開心啊，還開開心心使喚我們呢，也不知道在開心什麼……」

他說的是神經病嗎？就算是那小子，中了韓莉燕的把戲而卸下理事職務，心情應該不會太好吧？我有一堆疑問想詢問當事人，卻一直問不出口。我已經對上次那個夢想幹部誇下海口，說尹理事能夠克服任何困難了，我應該相信他才對。那為什麼會感到不安呢？

我走上天臺，在長椅上坐下。明明只時隔幾個月，卻感覺像睽違幾年才再次來到這裡。這才想到，撇開五年前那次意外，這是我和神經病第一次見面的地方。當時的我什麼也不是，剛還清所有債務、成為了一具空殼，直到空無的心臟被復仇的怒火填滿。

既然復仇已經結束，我理應再度化作一具空蕩蕩的軀殼才對，可情況卻恰恰相反。我無法再回到過去，我現在已經死不了，沒辦法再毫無牽掛地翻過欄杆一躍而下。就如同經紀人所說，我隨時都可以放下喜歡的事情，假如再次欠下債務，被要求二十四小時不停工作，我也做得到。可是，有些東西我已經捨不得放手了。

託尹傑伊的福，我明白了幸福的感覺。但隨著空洞被逐漸填滿，罪惡感也隨之蔓延滋長，甚至到了根深蒂固、無法拔除的程度。反過來說，我對他的感情也是如此。該死，真傷人自尊。我居然喜歡他，喜歡到甘願承受罪惡感？嗡嗡，口袋裡傳來手機的震動，螢幕上顯示著尹傑伊的名字。

——你剛才在想我吧？

真討厭。總是神準猜中我的想法這點也很討人厭。

——我為什麼要想你？你是自戀狂嗎？

「還能是為什麼？外面鋪天蓋地都在聊我的事，你一定在瘋狂想我吧。」

從背後傳來的聲音嚇得我迅速站起身。也不知道他是什麼時候來的，此刻正雙手環胸站在我身後。

「你怎麼知道我在這裡？」

「你才自戀吧，怎麼會覺得我是來這裡見你的？」

「不是就算了。」

聽見我小聲的嘟囔，他忍不住笑了。雖然他真的很常面帶微笑，但比起先前虛偽的笑容，最近更常露出發自內心的笑意。看著他被那種小事逗樂，讓我的自尊心再次受挫。而且這才想到，他現在不是應該心情很差嗎？可他卻和朴室長說的一樣，一副莫名開心的樣子。他一屁股坐到我身旁，就連手臂靠在椅背上的動作也一派輕鬆。

「我常上來這裡，卻現在才見到你。」

「你不是說你不是來見我的嗎？」

「對，我期待過，但我不認為會見到你。」

我皺起眉頭。

「感覺你越來越油腔滑調了。」

「但你還是喜歡我吧？」

「喂。」

我發自內心地感到一陣惱怒。不過，即將脫口而出的咒罵，在看見他的臉之後，就莫名從口中消失了。定定凝視著前方的他，表情十分平靜。手臂靠在椅背上的悠閒姿勢，以及勾起淺淺微笑的嘴唇，無不展示了他此刻的心情——原來他的心情真的很好。

「你不是和社長吵架了嗎？聽說公司要讓你降職。」

「傳聞是這麼說的？」

「嗯。」我猶豫了一下，又繼續說道：「見到社長的時候，他還拿你來恐嚇我。他有告訴你我說了什麼嗎？」

「聽說你威脅社長？」

「是社長威脅我。」

「我知道，他要你和我分手，結果你拒絕了，還哭著說你不能沒有我。」

哈，這個大叔居然還說謊？

「媽的，絕對不是那樣。」

「但你拒絕了對吧？」

「……」

我靜靜坐在位子上，小聲咕噥。

「對不起。」

遲遲沒有聽見回應，我忍不住轉頭看向他，正好望進了那雙凝視著我的眼睛。愣怔片刻，我下意識脫口詢問。

「幹嘛那樣看我？」

「之前最讓我煩躁的事情，就是有人犯錯之後向我道歉。錯誤已經造成，並不是道歉就能當作什麼都沒發生。可是——」他好像自己也感到訝異，稍微歪了歪頭，「聽見你這麼說，我很開心。」

「開心」一詞悄聲傳來，他又看著我笑了。

「你還對誰說過那種話？」

這簡直是他的專長——若無其事地轉換氣氛，讓人突然一陣寒毛直豎。

我故作淡定轉移了目光。

「我看起來像是會道歉的人嗎？」

「既然被人家說勤奮又樂於助人，那應該會吧。」

到底是在形容誰啊？這時，我突然想起經紀人提過關於我的事，好像還有人說我像出家人？我把對經紀人說的話又重複了一遍。

「我就是我，依然和為非作歹的時期一樣自私，而且不在乎別人的處境。」

「但還是有幾個是你很珍惜的人吧？」

可笑的是，我的腦中瞬間浮現了幾張臉。我頓了一下，而他神準地察覺了我的反應，聲音裡再次帶上笑意。

「看來真的有。」

我不知道自己為何起了雞皮疙瘩。即使不珍惜，每個人都有因為常見面而產生感情的人吧？但我顯然不能拿如此理所當然的說詞來為自己辯解，對於用冰冷視線凝視著我的神經病而言，那種事情並非理所當然。他朝遲遲開不了口的我湊近，我不自覺想要後退，他的手卻迅速伸了過來。

「幹嘛……！」

未竟的質問消失在喉嚨中。他的手倏然用力掐住我的脖子，另一隻手將我壓在椅子上。我出於本能地奮力掙扎，試圖撥開脖子上收緊的手掌。到底是怎麼了？

「媽……的，你幹嘛？」

「我吃醋了。」

說罷，他咧嘴一笑。看見他的笑容，我倏然感到一陣不安。他的手再次用力，我宛如一隻離水的魚，不受控制地掙扎扭動。我努力掙開他的箝制，雙腿卻被他的膝蓋壓住，無法自由活動。瀕死的感覺裹住大腦，幾近真空的肺部瘋狂渴求著氧氣，我的臉因喘不過氣而開始發燙。他到底是怎樣——！

「我希望只有我聽到那句話，不如直接讓你失聲好了？」

他的大拇指在脆弱的喉嚨上按壓。幹。我的眼神充斥著無法訴之於口的憤怒。看著我苦苦掙扎，那小子再次咧嘴一笑。媽的，這小子居然樂在其中？

「那你就會和人魚公主一樣。」

「呃……幹……」

「但你不能化為泡沫，所以還是割掉你珍惜的那些人的耳朵好了。要割掉誰的耳朵呢？」

他鬆開手，似乎是想聽聽我的答案，而我使盡全力甩開他的手臂，憤怒地大喊。

「沒有那種人！王八……咳咳，咳咳！乾……咳咳！」

喉嚨好痛。過分的不適讓我一直咳個不停，不過這也不算什麼，我只是對於沒能清楚罵出「幹」和「王八蛋」感到委屈。在我咳嗽的同時，他溫柔地撫摸著我的頭，我簡直傻眼到連罵都罵不出口。我用力撥開他的手，身體往後拉開距離。

「幹，王八蛋，以為我會放過你嗎？」

即使我氣憤辱罵，他依舊一臉笑意。我獨自發了一頓脾氣，才累得一邊瞪他，一邊喘口氣。

「你就那麼喜歡被我罵嗎？」

「那表示你專注在我身上啊。」

我意識到繼續罵下去只會讓這小子更開心，只能無言地閉上嘴巴。不，不僅是因為我的辱罵，他的心情就是莫名地特別好。

「你現在不是處境艱難嗎？大家都嘲笑你的失誤，你不覺得煩嗎？」

「一點也不，因為我知道他們不知道的事。」

「你知道什麼？」

我尚未聽見回答，他的手機便倏然響起。不曉得是不是真有急事，只見神經病皺起眉頭，迅速講完電話後便站起身。

「你從明天開始歸另一間子公司管，目前應該沒有行程。如果有先前排定的工作，你就自行處理吧。住宿要在他們指定的地方，啊，別太期待屋況。」

這種小事我早就做好心理準備了，還做了未來幾年都沒工作的覺悟……

「現場經紀人會在幾天後加入，但你明天就能見到新的經紀人和造型師，他們兩個完全不了解這個行業，你有許多事情要教他們。」

經紀人也就算了，居然還有造型師和現場經紀人？我現在也只有一個經紀人耶，這是什麼意思？不過，我還沒來得及發問，他已迅速交代完畢並轉過身。

「我還要收拾工作，這幾天都回不去。你明天前把行李搬出我家。」

『據說是蓋好不到一個月的流放地。』

流放地。再次聽到這個詞，還是讓人十分不爽，彷彿我犯下什麼滔天大罪一樣。

『很多人都搞不清楚。有人說是為了洗錢而成立的假公司，也有人說是為了外包製作綜藝節目才成立的。雖說到目前為止沒有任何實際活動，有可能只是作為流放地才成立……』

經紀人越說越小聲。

『你只要在那裡撐過一、兩個月，應該就能回來了。你目前沒有經紀人，工作上可能遭遇問題……』

「我有經紀人。」

『對，你有我。如果可以的話，我也想為你打理工作，但高層交代不可以和你聯絡，我現在也是偷偷打給你……』

「不是你，我有新的經紀人了。」

『什麼？真的嗎？』

「對。」

『……』

「喂？」

『這、這樣啊……哈哈……也沒人規定你的經紀人只能是我嘛。雖然當初是我發掘你，一路栽培呵護，但目前被形勢所迫，你當然要和其他經紀人合作。好，我們就接受吧。所以新的經紀人叫什麼名字？是誰？嗯？是哪個傢伙？』

聽起來完全不能接受的樣子。

「我不清楚，要見面才知道，聽說今天只能見到經紀人和造型師，過幾天才會見到現場經紀人。」

『你還有造型師和現場經紀人?!』

我可以理解經紀人的驚訝。沒沒無聞又遭到流放的演員，居然有造型師和現場經紀人？

『確定是專門負責你的嗎？不是之後要管理那裡所有的流放者？什麼叫流放者？你真當這裡是監獄嗎？』

「管理什麼？把我們關起來，一天提供三餐牢飯嗎？」

『一天還有提供三餐?!』

我意識到在任何時候和經紀人講電話都是浪費時間，於是無言地抬起目光，新的辦公室就位於我的正前方。如果說夢想總公司是座落於繁華街道上的豪華城堡，這裡就只是一間普普通通的小木屋。儘管眼前是地鐵站前方的大型商業大樓，辦公室卻只是大樓的其中一區。可能是整棟大樓已經掛滿密密麻麻的招牌，我要前往的地方並無任何標示或指引。

我走過藥局、手機店和炸雞店，進入大樓。或許是緊鄰著炸雞店，一走進去，油煙味便撲鼻而來。我在附近找到了電梯，卻發現是一座貨梯，無奈之下，只好轉而走進商店街，在那裡找到了供人搭乘的客梯。如同將物品放入箱中，再以膠帶密封，裝著我的巨大箱子「砰」一聲關上。

我盯著關上的電梯門，不合時宜地想著，那扇門是不是會從此不再開啟。但不到一分鐘，門便再次敞開，空蕩蕩的走廊迎接了我。走廊兩側是整排沒有任何標示的門，幸好正對面的牆壁上，掛著我要前往的目的地的招牌。

「DRI媒體」

我遇到了一個問題——小小的招牌掛在正中央，不曉得哪一扇門才是DRI媒體。該不會整個區域都是這間公司的吧？我感到有些困惑，猶豫片刻，便率先前往右邊的走廊，開啟第一扇門。推開門後，裡面意外寬敞，辦公桌整齊排成一列，靠牆的內側有好幾間獨立的小型辦公室。

如果只是這樣，我可能會認為這只是一般的辦公室，但我注意到最裡面的會議室加裝了隔音設備，甚至擺放著略顯眼熟的物品。那不是攝影器材嗎？原來這裡不是避稅用的假公司啊？當我感到詫異時，其中一扇門被打開了，一個年約二十歲的女人走了出來。我看見裡面有幾個人背對著我坐在桌邊。

「請問有什麼事嗎？」

「有人要我從今天開始到這裡上班。」

女人歪了歪頭。

「咦？有新人要來嗎？你是看到了哪一則公告？還是誰引薦的？」

「都不是，我原本是夢想旗下的藝人，從今天開始被調到這裡。」

「夢想？嗯？等等，請問你是演員嗎？現在演出電視劇的……」

沒錯。我點點頭，她理解似的笑了笑。

「如果是從夢想來的，去ＤＲＩ媒體就可以了。」

「這裡不是ＤＲＩ媒體嗎？」

「不是，這裡是ＳＩＮ製作……」

這時，我聽見裡面某個男人出聲大喊。

「主持人接洽得怎麼樣了？趕快聯絡看看！」

女人對我指了指牆壁，急忙轉身。

「從電梯出來左轉再走到底，就是ＤＲＩ媒體了。」

還來不及道謝，她就關上門消失在我眼前。我回到走廊，按照她的指示往裡走去，一邊歪頭思考。普通商業大樓的五樓，居然有好幾間影視工作室？這裡又不在電視臺附近。

不過，現在不是胡思亂想的時候。當我打開真正的ＤＲＩ媒體的大門，瞬間愣在原地動彈不得。要是門內有一群鯊魚游來游去，我可能都不會這麼驚訝。為什麼第一次造訪的地方，室內裝潢如此眼熟？眼前熟悉的書桌、椅子和沙發，完整重現了愛麗絲社長的辦公室。當然，在辦公室裡的人也如出一轍。

「真準時。因為全身上下只剩兩百元，你應該是走過來的吧？啊哈哈哈！」

無論何時聽到都覺得爛透的笑話迎接了我。

我敢發誓，我這輩子幾乎不曾因為某個人而備感壓力。然而，我在認識神經病後，徹底明白了社會險惡；而在認識他叔叔後，也徹底明白了這個社會絕對不是好混的。我一定是和他們家的血脈犯沖。

「所以說——」

過了一段時間，我才終於開口，正在認真討論某件事的社長與店經理轉頭看向我。

「社長為什麼在這裡？」

聽見我的疑問，他噗嗤一笑。

「對，我懂，你一定相當慌亂。畢竟我對於你身為傑伊的另一半不甚滿意，卻又自稱是負責照料你的經紀人。不過，由你平時尊敬的我來擔任經紀人，你一定感到踏實又欣慰吧。」

是的，他是我的經紀人。更驚人的是，一旁的店經理居然自稱是我的造型師？這下我是真的慌了。而且他說他對我不甚滿意？自稱是我的經紀人？誰尊敬誰？無數疑問如滾燙開水的氣泡般瘋狂冒出，然而，最急著問出口的還是這句——所以你為什麼在這裡？

「我藉機說清楚吧。不管你再怎麼尊敬我，你現在還不能算是傑伊的完美伴侶。尤其是你根本沒有讓傑伊吃下我特別為虛弱的他準備的補藥，表示你是個失職的同居人。而且你稱呼傑伊為神經病，為我帶來的衝擊也還沒減退。當然，你絕對不會再那樣稱呼他了，所以我願意寬宏大量地予以體諒。」

「……」

「不過，就算是我也沒辦法就這麼算了。我看了這次爆出的新聞，結果咧？貸款公司、流氓、飆車族，而且還高中輟學？看到你被新聞揭露的過去，我對你非常失望。」

可能是對方是尹傑伊的叔叔，我並沒有反駁，不管他如何責備我，我都打算無條件接受。

「你到底換過幾份工作啊？你的個性沒辦法安穩做好同一份工作嗎？」

總覺得哪裡怪怪的。難道他對我感到失望，並不是因為我過去做了壞事？

「就算不適合自己，你也應該把一份工作堅持五年啊！要是你當初能堅持下來，現在就是專業飆車族、專業討債，或是專業苦工了耶？」

「然後被關進監獄嗎？」

「身為男人，一旦決定堅持到底，就算是監獄也要去吧。蹲監獄也沒有多嚴重吧？」

講什麼屁話啊？就算我的生活渾渾噩噩，也完全不想被關進監獄。

「對我來說很嚴重。社長，你活得像個男子漢，應該沒有進過監獄吧？」

「……」

「社長？」

他肩膀一縮，迴避了我的目光。聽到我不假思索的提問，他自己居然慌了。搞什麼？真的有嗎？

「社長有前科嗎？」

「沒有！」

「那你進過監獄嗎？」

「……只是被拘留而已，後來緩刑了。」

他的聲音充滿委屈，於是我無言地追問。

「難不成有人賣了仿冒的補藥給你？」

「你怎麼知道！」

什麼？居然是真的？

「世界上最差勁的就是拿食物開玩笑的傢伙。對那種傢伙來說，私刑比法律更有用。」

「那也不該把人揍到會被拘留的程度啊。」

「本來打算成為專業流氓的你，根本沒資格說我吧？」

「……」

「總而言之呢，結論就是在我擔任你經紀人的期間，你只有一件事要做——確實證明自己是否具備成為傑伊另一半的價值。」

這是什麼鬼話？而且我還是沒聽到他到底為什麼會成為我的經紀人。無可奈何之下，我轉頭望向感覺比較好溝通的造型師。

「店經理，你又為什麼在這裡？」

「不用擔心，我認為兩位非常般配。」

呃，他這樣一說我反倒擔心起來了。

「而且請稱呼我『造型師』就好，畢竟我們未來每天都要見面。」

每天都要見面。這句話簡直是恐怖片片名。

「那請造型師對我說話也隨意一點，不用加上尊稱。」

「好的。」

彷彿終於等到這一刻似的，半語立刻從他口中脫口而出。

「現在告訴我吧，你怎麼會來當造型師？」

「雖然自己講很不好意思，但我對時尚的敏銳度滿高的，而且重要的調查都已經完成了。」

你到底調查了什麼？我的體型嗎？依舊沒有獲得像樣的回答，那我只好聯絡能回答我的人了。我拿著手機站了起來，準備打電話給神經病。這小子到底在打什麼鬼主意？

「你要去哪裡？」

「打電話。」

「你該不會要打給我們忙碌的傑伊，打擾他工作吧？」

他剛才根本不把我的提問當一回事，觀察力倒是極其敏銳。我不情不願地坐回原位，他立刻拿起桌上的筆記本和原子筆。

「我現在要調查自己負責的藝人，請你好好配合，據實回答我的問題。第一題，你有愛人了嗎？」

「你在開玩笑嗎？」

「我看起來像在開玩笑嗎？」

對。不過，看著他令人備感壓力的炙熱眼神，我意識到自己如果不配合，這令人難熬的時間只會持續更久。於是我無奈地嘆了口氣，自暴自棄地咕噥。

「我有愛人了。」

「嗯哼，至少你有把他當成愛人，而不是搖錢樹啊。」

「什麼？」

「第二題，你有沒有背著愛人劈腿過？」

「沒有。」

「那你和李攝影師那傢伙是什麼關係？」

我皺起眉頭。

「只有一起拍攝過。」

「如果只是單純拍攝，他為什麼到你們劇組發一堆咖啡？」

這時我才終於明白社長莫名其妙對我嚴加戒備的原因，看來他從某處聽聞相關消息了。

「沒什麼，請不要放在心上。」

他瞇起眼睛，用充斥著不信任的眼神看了我一眼，念念有詞地在紙上書寫。

「來者不拒，需要在一旁嚴格監視。」

「不是來者不拒，是……」

「第三題，除了李攝影師外，還有其他只是單純合作，卻讓你心動的人嗎？」

「社長，你不是我的經紀人嗎？你真的需要這些資訊？」

「當然需要。要管理你的緋聞，就必須清楚掌握你的人際關係。怎麼？你心虛了嗎？譬如說，你為了幫劇組女演員出頭而虛張聲勢？」

看來他也知道我和韓莉燕的事了。不斷質問我的他，不像經紀人，反倒更像逮到媳婦外遇的婆婆。到了這個地步，我感覺要是自己不解釋清楚，只會繼續遭受折磨。

「我從來沒有要幫助誰，韓莉燕的事只是我一時不小心。關係親近的人只有前經紀人和漢洙。除了單純共事的人之外，沒有和誰特別熟，絕對不會發生可能引發社長誤會的事情……」

叩叩。敲門聲響起，我稍早走錯的另一間辦公室的女人探頭進來。

「有個同學說要找李泰民先生。」

同學？找我？應該沒人知道我在這裡吧？我訝異地站起身，一旁的店經理趕緊對著社長耳語。

「可能是粉絲來找他了。」

「啊哈，看來我們得出面應付粉絲了。」

社長跟著我站了起來。不可能是粉絲吧？又沒人知道我被調來這裡。就在我準備反駁的時候，門突然被打開了。

「I finally met you!」

耐停喊著一句我聽不懂的話登場了。搞什麼？這小子為什麼會出現在這裡？

「泰民泰民！聽說你被趕出來了？沒關係！來我的經紀公司吧！爹地叫我一定要帶你過去！」

「喂，你在說什麼？你怎麼知道我在這裡？」

我倏然一驚，突然感覺脊背一陣發涼。我轉過頭，心想「糟了」。只見社長口中念念有詞，又在紙上寫了一句——

非常花心濫情。

要住在新的宿舍，我並沒有任何不滿。搬出尹傑伊的家，我內心反而鬆弛了下來，因為那裡是個寬敞、舒適又令人放鬆的空間。說實話，就算要我搬回考試院也無所謂。也不曉得是不是順應了內心的期望，我被安排住進環境不如考試院惡劣，卻讓人更不舒服的宿舍。

「我沒想過有人要住進這裡，是臨時打掃的……」

在公司創立紀念酒會見過的社長夫人，一臉愧疚地接著問道。

「真的沒關係嗎？這裡空間小，而且還很冷，之前被我們當成倉庫。」

我沒想過自己要住在社長家的頂樓加蓋，一開始甚至有些手足無措，但社長夫人顯然比我還要慌張。

「家裡那麼大，真搞不懂他為什麼非要清出這裡給你住。不好意思，我跟他說過好幾次，絕對不能讓你住在這裡，他卻一直堅持。」

「真的沒關係。」

我是說真的。和考試院相比，附帶一間小廁所的房間相當寬敞，已經和宮殿沒兩樣了。可能是急著騰出空間和擺好家具，床墊上的塑膠套還沒拆。我看到牆邊的書桌上堆滿書本，上面大多是格鬥漫畫和武俠小說。應該是急忙清空房間，書桌卻來不及整理吧。發現我的目光後，社長夫人開口解釋。

「他說你是演員，書說不定對你有幫助，叫我放著，所以我沒收起來。如果你有想看的書，可以直接拿去看沒關係。」

「這是社長的書嗎？」

「不是，是我的。」

「……好的。」

「對了，書不能沾到菸味，不可以在這裡抽菸喔。」

「好的。」

「你要看什麼書都可以，就是不能劈腿。」

我安分地點點頭，聽到最後一句話又倏然愣住，忍不住狐疑地盯著她看。

「孩子的爸說，年紀超過九十八歲的女人才可以帶回來；男人不管幾歲都不行。」

「……好的。」

她又叮嚀了幾件事，然後直盯著我。不知為何，我好像知道她想說什麼，便搶先開口。

「我不會劈腿。」

「如果不想被刀捅死，那是理所當然的。」

她笑著附和，我卻完全笑不出來。只見夫人欲言又止，似乎還有什麼話想說。

「還有什麼要交代的嗎？」

「我們家孩子的爸，真的很喜歡傑伊。」

這件事全天下都知道，但我認為她特別提出來，應該有其他原因，於是默默點了點頭。

「有時候我甚至覺得，要是我們家孩子和傑伊同時掉進水裡，他會選擇救傑伊。」

「……應該不會吧。」

「嗯，要是那種情況真的發生，我會把他活活埋進水泥裡面。」

「……」

「我的意思是，他就是那麼疼愛傑伊，你懂吧？」

「我懂。」

「我很擔心傑伊出事，因為孩子的爸一定會為了替傑伊報仇，不顧一切直接殺過去。當然，傑伊能力很強又辦事牢靠，應該不會出問題，但我總感覺這次的事情不太對勁。孩子的爸深信你從公司被調到這個沒沒無聞的地方，只是傑伊想把你託付給他，請他監視你有沒有劈腿。」

「那個……」

「我知道，有一點點不合理。」

只有一點點嗎？

「我猜應該是傑伊出事了，才導致你離開夢想。畢竟大家都知道你是傑伊的人，萬一傑伊出事，大家一定第一個拿你開刀。我猜得對不對？」

「差不多。」

我簡短地補充說明後，夫人臉色一沉。

「我想拜託你一件事，請你不要讓孩子的爸知道傑伊的情況。要是他知道了，說不定會朝夢想丟炸彈。」

她的擔憂的確誇張，但我在一定程度上非常認同。雖說不至於到丟炸彈的程度，但真的有可能會丟石頭，畢竟他是深愛姪子的偉大叔叔。真羨慕尹傑伊。我這麼咕噥著，躺在散發新家具味道的床上。

就這樣過了許久，疲憊感才漸漸湧上。一整天都在接受社長包裝成調查的審問，和連續幾天熬夜拍攝一樣累人。忽然被趕出經紀公司、未來接不到像樣的工作，現在還得住在瀰漫書籍潮濕味道的頂樓加蓋。

這些都不是問題，反倒是未來會像婆婆一樣緊跟在我身後的新經紀人更讓我頭痛。明明沒有什麼特別的煩惱，為什麼我就是睡不著呢？明明我現在已經如願以償了——暫時做不了想做的事、沒有舒適的床鋪，也和喜歡的人分隔兩地。

這樣還是沒辦法嗎？難道非得拋下一切、徹底墜入深淵，我才能夠入睡？恐懼如雲霧般籠罩了不安的內心，讓我在獨處的時刻無法看見前方。即便連向前邁出一步都異常艱難，有些東西我卻始終不願放手。明明應該為罪惡感所苦，卻被欲望拖住了腳步。

我現在真的好混亂。不願放棄自己的欲望是對的嗎？要是連尹傑伊都得放棄該怎麼辦？伸手不見五指的黑暗驟然綻出一道微光。在與世隔絕的頂樓加蓋中，通往外界的門被倏然打開，手機的光芒在昏暗的室內間歇閃爍。每次都是他，透過巴掌大小的螢幕找到我，將我拉了出來。

——媽的，肚子好餓。

這個瘋子。我在心中罵著，嘴角卻忍不住上揚，想起了表面上面無表情工作，內心卻因為肚子餓而發脾氣的他。

——訂消夜吃啊。

——訂了。

——那吃完再工作。

——不想工作。

我又忍不住笑了。現在和他一起加班的員工一定作夢也想不到，出了名完美又偉大的尹理事居然這麼不想工作。也對，這小子也是人。他反常的樣子讓我想給予安慰，但我得先問清楚一件事。

——你在打什麼鬼主意？為什麼社長會變成我的經紀人？

——你猜啊。給你一個提示，我今天心情爛透了。

這又是什麼鬼話？你心情爛不爛，和社長成為我的經紀人有什麼關係？我打字太慢，還沒輸入完罵他的話，螢幕上便再次顯示新的訊息。

——你要怎麼哄我？

我為什麼要哄你？怒氣湧上的瞬間，我忽然想起了一件事。等等，先前好像也有過類似的感覺？那時候是去愛麗絲見耐停……幹，原來他聽說了今天的事，肯定是社長趁機告狀。我感到十分委屈，因為緩慢的打字速度無法完整表達，我立刻按下通話鍵。本來打算一聽見對方的聲音，就迅速開口解釋，他卻遲遲沒有接起電話。就在我準備掛斷的瞬間，電話那頭倏然傳來呼喚我的聲音。

『嗯，李宥翰。』

一聽見我的名字，我忽然說不出話了。不是說心情爛透了？為什麼呼喚我的聲音卻這麼溫柔？

「你為什麼……這麼晚才接電話？」

我沒事找碴後，緩緩吐出一口氣。

『我在欣賞螢幕上顯示的你的名字。因為你很少主動打給我。』

喔，是嗎？也對，先前幾乎都是尹傑伊聯絡我的。

「你總是很忙啊，如果沒什麼事卻打給你，你一定會嫌煩吧。」

『如果是你就不煩。』

「……」

『被感動了嗎？』

感動什麼啊？我在內心咕噥著，伸手撥起額前的瀏海。怎麼感覺有點熱？

「你不是心情爛透了嗎？」

『你沒什麼事卻打電話給我，心情就變好了。』

哪裡沒事了？我猛然回過神，急忙宣洩自己的委屈。

「我不知道社長說了什麼，但那個叫開問還開門的小子被我轟出去了。」

『他叫凱文。』

「他的名字不是重點。」

我猛然站起身，又咬牙坐下。

「社長沒告訴你嗎？開門被趕出去之後，社長像審問犯人一樣，折磨了我好幾個小時。幹，要是有從開門那裡拿到一張千元鈔票，我搞不好還不會這麼委屈。」

『跟你說了他叫凱文。』

他再次糾正了那個名字。

「我今天耳朵差點流血，那小子叫什麼跟我有什麼關係？」

『有關係，我不喜歡你用綽號稱呼一個你連一張千元鈔票都沒拿到的傢伙。』

我將手機拿到面前，無言地瞪了好一陣子，隨後才回嘴道。

「你真的是神經病。」

他短促的笑聲從電話那頭傳了過來。我躺回床上，又聽了他一些神經病的言論。無用的對話就這樣持續了許久，他和我都沒有主動掛斷。睡意不知不覺湧上，我閉上眼睛聆聽著他的聲音。我不能睡著，我有點捨不得結束這平靜而無用的片刻。

『愛麗絲的社長是你的經紀人？』

「對。」

『太好了，真是太好了。』

「哪裡好了？他根本不懂演藝圈的工作。而且感覺他不是來當經紀人，是來監視我的。」

『哈哈，那樣更好！要是他比我能幹，你就會被搶走了，好險！』

「被搶走？我是物品嗎？」

『咳咳……對了，你聽說尹理事的消息了嗎？』

他急忙大聲轉移話題，我將手機拿遠，板起一張臉。

「什麼消息？」

『聽說尹理事已經確定要卸下理事職務，從今天開始就沒人到理事辦公室上班了。』

那不是早就確定了嗎？我這麼反問後，經紀人嚴肅地說道。

『你沒聽說尹理事要去哪裡嗎？』

「要去哪裡？」

『傳聞都說他要回美國工作。』

「……」

『朴室長和尹理事的團隊已經全部前往美國了，大家都說尹理事過一陣子也會回去。你們還有聯絡吧？他沒有暗示你自己要離開嗎？』

「沒有。」

隨後經紀人又關心了幾句，我便掛斷電話，低頭看著手機。美國啊……那小子安安分分回到美國，說不定還比較好。要是留在韓國，他大概又會打著復仇的名義發神經。

「你在做什麼？該準備出門囉。」

前任經紀人的聲音才剛消失，現任經紀人的聲音便傳了過來。又要去爬山嗎？過去這幾天，他都以鍛鍊身心靈為名義，強制安排爬山行程。我站起身，暗自祈禱今天不是爬北漢山[8]，在抬起頭的瞬間卻倏然愣在原地。這兩個人的表情變了，不對，衣服也不一樣了。此時此刻，他們正身穿熨燙筆挺的西裝，腳上的皮鞋擦得和鏡子一樣光亮。

「要去哪裡？」

「還能是哪裡？當然是去工作。」

8　北漢山（북한산），橫跨韓國首爾和京畿道等數個地區，共有三大主峰。字面意思是「漢江以北的山」，是首爾最北端的邊界。

「我今天沒有行程。」

「不，你有。」

「是什麼工作？」

「你好像很驚訝喔？也對，我這麼快就幫你接到工作，你一定很尊敬我吧。」

我確實差點被震驚到，但一聽他說「尊敬」，情緒又立刻回歸平靜。

「哪有什麼好尊敬的。」

「對，哪有什麼好尊……嗯？」

「告訴我是什麼工作吧，我也要事先準備。」

「你不用做任何準備，只要過去陪笑、祝賀對方就好。」

「祝賀？」

「嗯，我認識的人在附近開了一間小店，我說會帶你過去。你那是什麼表情？」

「我的表情怎麼了嗎？」

「一副深受感動的樣子啊。不要客氣啦，要是你每經歷一件事，就要感嘆我的能力，我也會很有壓力。」

我跟著他走出辦公室，一邊捫心自問——這難道是沒死成的我必須遭受的天譴嗎？

之前，前經紀人總是一再向我強調——小心記者。在記者面前絕對不可以鬆懈，也不可以亂講話。就算私交甚好，也絕對不可以吐露心聲。他還再三叮囑，說他會負責應付記者，要我盡量別和記者接觸。不過記者一直對我興趣缺缺，經紀人說的話我基本沒有什麼切身感受。

然而，即將被一群記者包圍拍攝，就算是我也不由得緊張了起來。說是附近的小店開幕，現場卻有一群記者擠在媒體區，忙著拍攝受邀前來的藝人。我將車子停在附近，回頭一看，發現第一次參加活動的現經紀人和造型師正一臉興奮地望著外面。

「記者真多……咳咳，也才幾個而已嘛。」

「社長，那是不是知名偶像？」

「嗯？哪裡？哪裡？」

「在拍照區旁邊等待的那個人。」

「喔喔——原來要先到旁邊排隊，再依序站在背景牆前面拍照啊。」

「會發放號碼牌嗎？」

「會嗎？」

我真想抽張號碼牌，把你們兩個送過去。現在不是你們貼在車窗上嘰嘰喳喳的時候吧？

「這裡真的是你認識的人開的小店嗎？」

即使聽到我的疑問，兩人的視線仍沒有從窗戶移開。

「嗯，沒錯，我們店的衣服就是這裡的設計師設計的。哎呀，真沒想到夏峰居然這麼成功。」

「我一直都相信夏峰一定會成功的，他是現在少有的、忠厚老實的年輕人，而且也很靦腆。」

「他的確很靦腆。」

他們似乎只想口頭稱讚對方，並無下車的打算。幸好有人前來打斷了他們的喋喋不休。

「廂型車！請把車子開走！」

負責管制活動會場的警衛緩步走近，朝我們吶喊。出發前他們說開車是現場經紀人負責，不是他們的職責，便把這件事推給我。我降下車窗，開口請求。

「我們也要進去，請幫我們打開停車場的入口。」

「有邀請函嗎？」

我轉頭看向社長。邀請函呢？

「沒有那種東西，夏峰叫我人來就好。」

我如實轉述，轉頭看向警衛。只見他面無表情，冷酷無情地開口。

「把車開走，否則我要報警了。」

一個小時後，好不容易聯繫上夏峰，我們終於能把車開了進來。此時已過入場的尖峰時刻，記者幾乎不見人影，我們有幸躲過了攝影機的圍堵。儘管還剩一、兩名記者，但也不會有人願意上前採訪沒沒無聞的我。不過，有人似乎對此感到十分惋惜。

「外面還有一些記者，我們直接進來好嗎？這樣對記者不禮貌吧？」

社長這樣問我。我朝著活動會場走近，聞言腳步一頓，忍不住回過頭來。只見身後穿著筆挺西裝的兩位大叔，正拉長耳朵想聽我的回答。

「我們跟記者不是禮尚往來的關係，所以沒差。而且我們不是從後門進來的嗎？」

對，我們是從後門進來的。撥開倉庫層層堆疊、放滿衣物的箱子，才終於抵達活動會場的入口。只不過，我們依舊無法進入。

「等等，等一下！」

又怎麼了？

「要準備好再進去。」

準備什麼？不等我開口，店經理便從包包拿出某樣東西——兩人戴上墨鏡，輪流對著一面大型手拿鏡梳理髮型，甚至還補了點護唇膏。等一切準備就緒，他們才詢問愣在原地的我。

「你不準備嗎？」

「沒什麼要準備的。」

「有啊。」

「什麼？」

「心理準備。就算裡面有一堆英俊帥氣的男人，你也要準備好絕對不會劈腿的堅定決心，否則我會在你的肚子上捅出北斗七星。」

「……」

「哈哈，開玩笑的啦，你的表情都僵掉了。」

「聽起來像認真的。」

「怎麼可能？要把肚子捅破多難啊，頂多只能捅出三個洞吧，對不對，造型師？」

「沒錯，我也很難捅出超過三個洞。」

店經理溫和地笑了。有些時候，這個大叔顯然更加可怕。

「來，既然已經準備就緒，我們進去吧？」

準備什麼？準備捅破我的肚子嗎？我忍住來到嘴邊的反嗆，默默轉過身。身後並沒有傳來腳步跟上的聲音，我回頭一看，發現兩人仍愣在原地。幹嘛不往前走啊？在我詢問的目光下，社長乾咳一聲。

「對了，聽說新的現場經紀人今天要來，真希望他是個年紀大又沒生育能力的醜八怪。」

「……他一定很會開車吧。」

「你車開得很好，他會不會開車沒差吧？」

那我到底要現場經紀人幹嘛？讓他在一旁看我服侍你們嗎？

「你完全沒有聽說現場經紀人的事？」

「沒有。還有，社長，緊張的話就到外面等吧，別再問無謂的問題了。」

「什麼叫無謂的問題！而且你說誰緊張了？我是怕你緊張，才想緩和氣氛。既然說到這個，順便告訴你一聲，我才不會因為裡面有許多知名藝人就怯場。」

這不是一個正在手抖的人該說的話吧。雖然有很多話想說，但我擔心兩個緊張的大叔變得更加緊張，索性先往裡面走去。幸好這次沒有再被阻攔，輕輕鬆鬆就進入了會場。第一次出席這種場合，我並沒有什麼特別的感想。知名演員在拍攝時也經常遇到，沒什麼好大驚小怪的。真正讓我驚訝的，反而另有其人。我甩開忙著東張西望的兩個大叔、獨自走到二樓某個安靜角落，傳了簡訊給神經病。

——你真的要去美國嗎？

一傳出簡訊，無人的寂靜便被打破。

「哇，是待過貸款公司的人耶。」

朝氣蓬勃的聲音讓我抬起目光。那是明明只見過兩次面、卻讓我忍不住在內心飆出髒話的蔡度相。

「你來這裡做什麼？討債嗎？誰借錢了？」

我看著他，想起了韓國人吵架時最常問的問題——你這傢伙為什麼對我說半語？

「喔，你剛才在想『你這傢伙為什麼對我說半語』對不對？這是我們第三次見面，可以說半語了吧？」

「不可以。」

「喔，你剛才自己也說了半語」

「雖然不熟，但我看你不爽，只想對你說半語。」

「那就當我也是看你不爽才說半語的，這樣可以了吧？」

哪裡可以了？我不想和他繼續交談，打算直接離開現場，他卻不想放過我。

「聽說尹傑伊先生要卸下理事職務了，你不一起滾嗎？」

我連底層員工都不是，是要滾去哪？

「反正你也不是渴望演戲才從事這份工作，你的靠山已經徹底失去權勢，你還想繼續巴著他不放嗎？」

「你這樣滿嘴屁話，是自以為很了解我嗎？」

「我至少了解一件事——你演技真的很差，連觀眾都替你丟臉。」

無論事實與否，這都是他用來刺激我的說詞，我並沒有加以理會。然而，他接下來的一番話卻令我有些意外。

「要是你真的想演戲，就好好去上演技課、認真接受訓練吧。影視作品不是你用來練習的舞臺，用那種三流演技登上電視或大銀幕，未免太沒良心了吧？照你目前的程度，磨練個三年應該就夠了。」

這些話聽來刺耳，但的的確確是一番忠告，和我平時的想法也差不多。但我並未因此對他心懷感激。

「不過，要是你連那種熱情都沒有，就趕緊滾吧。像你這種傢伙在電視上飾演正義的角色、洗白自己的過去，我看了就噁心。反正你演戲不是為了賺錢，而且你的目標也已經達成了。」

「我的目標是什麼？」

「還能是什麼？你不是釣到尹理事了嗎？他為你深深著迷，還心甘情願為你犧牲。我們也是託你的福，輕鬆取得了想要的結果。」

輕鬆取得。原來他們是這樣相信的啊？

「結果你們還是不相信我說的話。」

「什麼？」

「我不是說了嗎？那小子是個神經病。」

「噗哈哈哈！」

他突然放聲大笑，甚至抱著肚子彎下腰，突如其來的變故讓周圍的人紛紛投來好奇的視線。這時，其中一個人走了過來，伸手搭在蔡度相的肩膀上。我也認識那個人。雖然算不上頂尖，卻不時能飾演主角的三十歲男演員。

「怎麼了？你們在聊什麼有趣的話題？」

「哈哈，哥，你認識他嗎？他是李泰民。」

李泰民？男演員盯著我，口中咕噥著我的名字，片刻後才想起什麼似的詢問。

「喔，跟夢想尹理事有關係的那個？」

「對，他就是現在已經成為前任理事的尹傑伊的愛人。」

他聲音不大，這個話題卻吸引了眾人的目光。好幾個人瞬間探究地轉過頭來，準備開始看戲。

「前任理事？」

「他遇人不淑，丟了工作。我還以為他能一直掌控夢想呢，看來是我高估他了。」

男演員似乎很好奇這件事的來龍去脈，卻仍按捺住好奇，開口詢問道。

「所以夢想的尹理事是因為這傢伙下臺的？」他用大拇指指著我，像想起什麼似的再次詢問：「他前幾天是不是上過新聞？」

「沒錯，哥，你有看到新聞嗎？他成為演員前是個流氓，還在貸款公司工作。也對，他實在太沒沒無聞了，新聞沒引起什麼迴響，就算被爆出來也沒什麼人知道。真羨慕他呢，是吧？」

說出這段話的同時，蔡度相又開始露出得逞般的奸笑。我的過往居然能帶給某人歡樂？看來我的人生也沒有想像中那麼糟。

「也對，除非他殺了人，不然很難成為話題吧。這才想到，尹理事會不會也借過錢啊？說不定他就是用錢收買尹理事的，哈哈。」

我無視兩人惡意的調侃，低頭看著手機。我剛剛收到了一封簡訊，是前經紀人傳來的。

——你說過尹理事在調查韓莉燕吧？我也打聽了一下，有個人對韓莉燕還算了解，說她絕對沒有婚內出軌。這是我聽她的好姐妹說的，應該不會錯。她說她們每天形影不離，要是韓莉燕出軌，她一定會察覺。而且韓莉燕對自己的婚姻十分引以為傲，哪怕是為了維護尊嚴，也不可能外遇。

如果沒有外遇，表示那張紙條真的是她寫給老公的囉？我倏然回想起尹傑伊從美國回來時轉述的消息——聽說和已逝丈夫的子女爭奪遺產時，她極力避免那張紙條曝光。那上面究竟隱藏了什麼祕密，才會讓她費盡心思想隱瞞呢？我又想起了紙條的內容。

我每天都想品嘗你給予我的黃金。如果你愛我，不想讓我難受，就別吃藥了。

「搞不好是喔，畢竟他四處為貸款公司討債，結果害死了自己的弟弟。」

思緒驟然一頓，我面無表情地抬眼一看，只見和我對視的蔡度相笑著笑著便收起了笑容。

「怎麼了？不是嗎？」

「你喜歡我嗎？」

「你說什麼？」

「你不是在跟蹤我嗎？難道是想跟我上床？」

周遭突然安靜了下來。蔡度相一改先前的輕佻語氣，氣憤地強調。

「從你勾引公司理事我就發現了，你這傢伙真的讓人很噁心耶。我幹嘛跟蹤你？」

「不然你怎麼知道那段新聞沒有報導的事？」

他的肩膀瑟縮一下，忍不住皺起眉頭。

「別搞笑了，你當自己的過往是什麼特級機密嗎？」

「所以你是聽誰說的？」

「不知道，我只是偶然聽到的，哪知道對方是誰？應該是你的經紀人或你身邊的人……」

「我身邊沒人知道。」

「……」

我朝他走近一步。

「是誰？我弟弟被人殺死的事情，是誰告訴你的？」

蔡度相瞬間睜大眼睛。

「被人殺死？我不知道這件事，我只知道你弟因你而死……」

「對，我弟弟就是因為我，才會被人拿刀捅死。」

「……」

「要不要我告訴你他是如何倒在血泊中、又是如何痛苦地死去？」

我又朝他邁出一步，見狀，他忍不住踉蹌著後退。我直視著他的眼睛，打算再次邁開腳步。我知道此刻的他已不敢動彈，畢竟這些膽小鬼的反應總是出奇地一致。

「度相，你還沒和設計師打過招呼吧？」

蔡度相身旁的演員突然摟住他的肩膀，他們與我拉開距離的同時，蔡度相驚懼的眼神如同魔法解除般，恢復成原本的模樣。他噛了口唾沫，整張臉漲得通紅。或許是對於畏懼我感到恥辱，離開前他還不忘皺著眉頭狠狠瞪我一眼。

感受到眾人的目光，我轉頭環視周遭。原本看好戲的人們發現了我的舉動，紛紛別過視線離開現場。我站在原地，像座矗立在汪洋中的孤島，忍不住笑了出來。明明就不好笑，我的嘴角卻忍不住上揚。就這樣過了一段時間，我朝視線範圍內的緊急出口邁出腳步。

我的計畫是這樣的——在狹窄的逃生梯呆坐三十分鐘，再找到社長把他帶走。不過，這個計畫從一開始就碰上了難關。我還沒坐下，就聽頭上傳來了一陣不小的動靜。

「……振作一點……白痴、蠢蛋，要是一直這樣子，你就真的是白痴了。」

斷斷續續的模糊碎念從頭頂傳了過來。什麼？是誰在跟誰說話？我不想打擾別人，打算默默離開。可當我悄悄走到門邊，坐在階梯上方的人還是發現了我，倏地發出一聲驚呼。

「呃啊！我、我要出去了！」

什麼意思？抬頭一看，一個年約三十、戴著眼鏡的瘦削男人，正透過樓梯扶手的縫隙俯視著我。不過，他顯然陷入了某種惶恐的情緒。只見他臉色慘白，好像還冒著冷汗，被汗水浸濕的瀏海一縷縷黏在額頭上。最關鍵的是，樓梯上只有他一個人。所以他是在自言自語嗎？

「五分鐘就好，我再過五分鐘就出去，請幫我轉告外面的人。」

他好像誤以為我是來找他的人了。雖然不曉得是怎麼回事，從他的狀態來看，五分鐘應該不夠吧。

「我只是進來休息的，請無視我。」

「不是外頭有人找我嗎？」

「你是誰？」

我敢發誓，在我的認知中，這絕對是個再正常不過的問題。可聽我這麼一問，身材瘦削的眼鏡男立刻抓住自己的頭髮，虛弱地癱坐在地。

「呃呃，我……我到底算什麼？」

我不知道你算什麼，但我知道你瘋了。我再次握住門把，打算留他獨自在原地發瘋。然而，身後卻再次傳來他難過的咕噥。

「我不敢站在人群前面，我不知道今天會來這麼多人。腦袋變得一片空白，根本不知道該說什麼……」

倏然間，我想起了漢洙。也許是這個緣故，我有點不忍心直接離開。在這個男人身上，我看見了那個在攝影機前僵硬得如同雕像、渾身顫抖的小子。

「要我告訴你緩解緊張的方法嗎？」

我突如其來的搭話，讓他眨了眨眼睛。

「真的有方法嗎？」

「有，透過其他事物來忘掉緊張就好。」

「哪、哪些事物？」

那可太多了。不過，效果最好的果然還是這個。我朝他走近，將手伸向他。見狀，他嚇得縮起了肩膀。

「怎、怎麼了？」

「手伸出來。」

聽見我莫名的要求，他似乎有些疑惑，反而將手縮了回去。我就這樣將手舉在半空中，直到感覺今天都快過完了，我才終於忍不住伸長手臂，一把握住了他的手。

「啊，啊，你握住我的手要幹嘛？」

「接下來，你只要記住這種感覺就好。」

我看著他詢問「什麼感覺」的眼睛，手中倏然用力一握。

「呃啊！呃……」

他慘叫一聲，又立刻嚇得摀住嘴巴。看來是真的很痛，他從臉頰到脖子都一片通紅，眼角甚至隱隱泛著淚光。

「會痛嗎？」

即使我已經鬆手，他仍用力摀著嘴巴，片刻過後，才勉強回答了我的問題。

「痛……痛死我了！我還以為要骨折了！」

「並不會，我沒有握那麼大力。」

「不，我真的感覺骨折了。」

說著，他抬手甩了幾下。看著彷彿失去關節的手腕左右搖晃，我輕鬆地詢問。

「除了痛以外，其他的呢？」

「其他的什麼！」

「還會緊張嗎？」

「喔，當然……咦？」

他停下動作，低頭看向剛才甩動的手，又抬頭看我。就那麼重複了幾次之後，才緩緩睜大眼睛。

「完全不緊張了！」

「要是感覺又要開始緊張，你就回想手痛的感覺吧。」

「喔，好！」

「那你去吧。」

「好！」

就這樣，一分鐘前還要死不活的人，瞬間充滿幹勁衝了出去。我一邊心想「他真聽話」，一邊準備按照原定計畫坐到階梯上時，震動的手機螢幕上顯示了神經病的名字。電話剛接通，就聽他沒頭沒腦地問道。

『你在哪裡？』

「你要去美國嗎？」

『是我先問你的。』

「是我先用簡訊問你的。」

『嗯，要去。』

聽見意想不到的回答，我倏然愣住了。他又問了兩次我在哪裡，我才終於開口。

「愛麗絲社長的朋友在舉行開幕活動。那你什麼時候回來？」

『你眼前能看到什麼？』

「眼前？樓梯和緊急逃生門。先別說這個了，你去美國之後，什麼時候回……」

我還沒問完，鐵門便忽然被打開。方才鬥志昂然離去的眼鏡男又再次折返，探出頭大喊。

「對了！我還沒向你道謝！」

『那是誰？』

電話裡外同時有聲音傳來，我簡直接應不暇。我先用手勢示意眼鏡男說沒關係，然而激動的他卻大聲詢問。

「原來你在講電話啊……我、我可以問叫什麼名字嗎？」

『不要告訴他。』

「什麼？你說什麼？」

這次我回答了通話對象。

「啊，我只是想知道名字而已，沒有惡意！」

「不，我不是在跟你說話……」

「喔，那就告訴我名字吧！」

『叫他滾一邊去。』

「我真的沒有別的意思！」

『真是個該死的王八蛋。』

兩邊輪番轟炸，我被吵得頭昏腦脹又十分無言。人家只是問個名字而已，幹嘛罵人啊？我憑著對神經病的反抗心理，對眼鏡男開口。

「我告訴你名字吧。」

「好！」

『你……』

「尹傑伊。」

『……』

「喔——好。」

得到答案的他，立刻紅著臉離開了。終於少一個人在旁邊吵鬧，我繼續對著剩下那人斥責。

「雖然他問我通話對象的名字的確很怪，但你幹嘛一直隱藏自己的名字？你的名字是什麼國家機密嗎？」

『你偶爾犯蠢真讓人安心。』

「什麼？」

『不要移動。』

電話被掛斷了。我一時有些錯愕，低著頭愣愣地看著手機。連我在哪裡都不知道，就透過電話發號施令，還指望我乖乖聽話？但我還是在原地坐著等了五分鐘。又多等了兩分鐘之後，我才再次站起身。等了這麼久應該可以了吧，反正那小子也不可能立刻開門進來，確認我有沒有移動……嘰咿，門被打開了。

「嗯？我是聽說尹傑伊在這裡才過來看看，沒想到居然見到了更想見到的人呢。」是鄭義哲。但我一點都不想見到他。走了一個蔡度相，現在換這傢伙了嗎？哪門子的開幕活動會聚集這麼多惹人厭的傢伙啊？再這樣下去，我看連死掉的金會長也要復活過來參加活動了。

「你在等人嗎？看見我之後，表情好像很驚訝的樣子。」

「我的臉本來就長這樣。」

他噗嗤一笑，雙手在胸前交叉，站到我面前。幹嘛擋路啊？

「你為什麼在這裡？」

「不用你管。」

「我們好好相處，一起交流有趣的故事吧。我們還有共同話題耶。」

「沒有那種東西，請你離開。」

「咦？你不好奇尹傑伊的事嗎？也不好奇我為什麼關注尹傑伊？」

「對，不好奇。」

我果斷回答後，他好像忍不住似的，嘴唇明顯地彎起。

「尹傑伊都卸下理事職務了，你真的不好奇他會摔得多慘嗎？」

這個人簡直和神經病一樣愛笑。雖然兩人的笑容都很虛偽，但這個人的微笑顯然更令人反感。

「鄭義哲先生。」

我直視著他的眼睛，開口詢問。

「你喜歡尹傑伊嗎？」

「怎麼了？我對尹傑伊展現興趣，你就吃醋啦？」

「如果你一想到自己在尹傑伊面前張開雙腿就濕成一片，我應該才會吃醋。」

「哈哈，我還沒有想像過呢，不如來想像一次吧？」

「別唬爛了，你最好沒想像過。你一定每天晚上都幻想自己一邊幫尹傑伊口交，一邊打手槍吧？啊，是不是小到根本握不住？」

「哈哈，也沒那麼小。我從來沒有把尹傑伊當成性幻想的對象，不過聽你這麼一說，我突然開始興奮了呢。」

哈哈哈哈，他爽朗地笑著，見我毫無反應才終於收起笑容。

「為什麼那樣看我？」

「我不清楚你有什麼意圖，但我好像知道一件事。」

「知道什麼？」

「你是有備而來。不管聽到什麼都故作從容，假裝自己胸有成竹、洞察先機。我認識一個人，他也像你一樣嫉妒別人過得比自己更好，內心卻又藏著自卑，想變得和對方一樣。雖然他現在淪落到連狗都不如了。」

這一次，他沒有回應，就只是笑著。我也回以笑容，用一句話為他總結。

「你是尹傑伊的狗耶。」

「我得澄清一下，我只是偶然碰上機會，才出現在尹傑伊面前罷了。」

「什麼機會？」

「尹傑伊不是出現弱點了嗎？就是你。」

我乾笑一聲。

「你的確是尹傑伊的弱點。就算沒有愛，你也是尹傑伊的弱點。你應該有隱約感覺到，尹傑伊沒辦法愛人。即使看在別人眼裡是愛你的表現，實際上只是他的占有欲作祟，是被誤認為愛的執著。所以要是你死了，他大概會把你做成標本。」

「……」

「你不高興了嗎？還是你早就料到了，所以感到無奈？為什麼那樣笑？」

我笑了嗎？當然是因為好笑啊。

「我不知道你了不了解尹傑伊，但看來你對我一無所知。」

「我說錯什麼了嗎？」

「我不在乎尹傑伊對我懷有什麼感情，因為我會將他的感情解讀成愛。這是取決於我自己，所以我不會對你的話感到不高興或憤怒。」

「……」

「啊，你剛才露出破綻了。」

子。」

「破綻？」

我指著他的臉。

「你剛才一副嫉妒的表情，露出『居然有人那麼愛尹傑伊那種傢伙，煩死了』的樣子。」

是被我一語道破的關係嗎？他先是面無表情，片刻過後才恢復笑容。

「我知道尹傑伊為什麼會被你迷住了，你的確滿有魅力的。你要不要甩掉尹傑伊，改和我交往？如果是你，我覺得男人也可以。」

「你倒不如去纏著你跟蹤的尹傑伊吧。」

「我對尹傑伊有興趣，但他不吸引我。相對地，你就——」

我就？

「你的眼睛很性感，莫名令人心動。」

性感？你瘋了嗎……我本想直接開罵，罵人的話卻倏地卡在喉中。他好像發現了我的異常，訝異了一下才轉過頭，看見了我板起臉的原因。神經病正站在通往這層樓的階梯中間，盯著我們看。

那小子為什麼在這？無數疑問閃過腦海，但這顯然不是此刻的重點。他的表情和平時差不多，也沒有露出發神經時會出現的瘋狂眼神。即便如此，我的心跳還是漏了一拍。媽的，我又不是劈腿被抓到，為什麼要提心吊膽？我試圖排解慌張，並努力控制表情。

「啊，原來李泰民先生是在這裡等你，真浪漫耶，居然在活動會場的逃生梯等待愛人。」

不知為何，我竟萌生了神經病會拿刀捅死他的想法。但那些微的恐懼不過是一瞬間的事。神經病看了鄭義哲一眼，露出和平時一樣一派輕鬆的笑容。

「只有這樣的話，你還是放棄吧。」

「什麼？」

「如果想激怒我，至少幹一件像樣的大事吧，那樣我才會想認真對付你。」

鄭義哲感到有趣似的，以笑容回應他。

「我沒有要激怒你的意思，但不管怎樣，我現在已經算是成功了，畢竟你注意到我了。」

「就這樣？你要絞盡腦汁繼續努力啊。要是只因為我看了你一眼，你就開心得露出笑容，那我現在就會作個了結。」

「了結？你要了結什麼？」

「不是只有你手上有牌啊。」

鄭義哲短暫地收起笑容，語氣親切地回擊。

「我很好奇是什麼牌，但你太會故弄玄虛了。你上次說過我是恩人吧？恩人，我到底是什麼恩人？」

「喔，那個啊？託你的福，我學到了金錢買不到的東西。」

「學到？什麼？」

鄭義哲的語氣瞬間變得犀利。他可能真的對神經病感到自卑，話語中明顯流露出藏不住的情緒。只見神經病噗嗤一笑，他也跟著露出笑容。雖然在我看來，那只不過是強顏歡笑罷了。

「沒想到你是這種只會虛張聲勢的人，是丟了理事職位打擊太大了嗎？對了，你其實是被趕下臺的吧？」

「別使出這種幼稚的攻擊，認真一點吧。我開始覺得有點膩了。」

鄭義哲無言地笑著點了點頭。

「那這招如何？我會讓你們公司精心打造的電影，沒辦法在你們想要的日期上映。你大概早就料到，電影發行公司已經承諾要先推出K娛樂公司的電影了。你知道吧？K娛樂公司的電影類型和劇情，碰巧和你們類似，大家都認為誰先上映，誰就是贏家。你們公司會損失慘重喔，關於這點，你怎麼看？」

「你不是說我被公司趕出來了嗎？如果夢想損失慘重，我應該要開心吧。」

鄭義哲好像無話可說，暫時閉上了嘴巴。他似乎想故作從容，臉上的笑容卻不自然地扭曲，下顎也咬牙切齒般顫抖。尹傑伊看著他，不耐煩地繼續補充。

「但你和我不同，要是K娛樂公司的電影票房慘淡，你就笑不出來了。」

「我們會票房慘淡？你好像沒聽懂我說的話，夢想的電影是模仿我們……」

「兩部電影會同時上映。」

鄭義哲堪堪維持住笑容，直盯著神經病看。

「不可能，我們已經盡可能各方協調，就算你們的電影上映，放映場次也會輸給我們。」

「上映後就知道了。」

「上映後就知道？」

「因為我已經看過電影了，非常精彩。」

鄭義哲訝異地歪頭。

「我跟你說過了，故弄玄虛是行不通的。那部電影不是只有你們自己看過，看過的人都和你抱持相反意見。」

「你又沒有親眼看過。」

「對，我沒有。」鄭義哲笑著雙手一攤，一副敗給對方的樣子，「那就只好等到結果出爐囉。啊，我會如你所願，多努力一點的。」

「好，你好好努力，展現出你像個跟屁蟲，不管我去哪裡都要跟上來扯後腿的熱忱吧。」

「哈哈，早知道你這麼有趣，大學的時候就和你混熟了。」

「你當年和現在都無趣至極，我並不想和你混熟。」

鄭義哲感到奇怪般側著頭。

「講得好像你當年認識我一樣。」

「我不是說了嗎？你等於是我的恩人。」

這次鄭義哲沒有再提起故弄玄虛了。可能是聽了好幾次，讓他也開始懷疑這句話的真偽。但無論事實與否，他已經的的確確被神經病影響了。

「我大學的時候沒有和你說過話……」

「既然你以後要跟著我到處跑，我就先和你預告我們的重要行程吧。你把蔡度相也帶來，我一併對付你們。」

「我們的行程？」

我也想問，我們？

「對了，我也隨時歡迎韓莉燕女士。靠著天然飲食出書的人，居然要隱瞞血壓問題，該有多難受啊？我會幫忙保密的，請她來的時候記得帶血壓藥。」

「韓老師的健康不用你擔心，上次不過是偶發性的症狀，她平時血壓非常穩定。」

「都說不用隱瞞了，她在美國結婚之後，也曾經突然被送到醫院。你不是也很清楚嗎？當時醫院的事情，不是你幫忙處理的？你也是因為協助處理韓莉燕第二任丈夫的事，才成為她的親信吧？」

驚慌的神色短暫地在鄭義哲臉上一閃而過。他隨即露出笑容，糾正了幾件事。

「看來你沒調查清楚，韓老師當年去醫院不是因為血壓，而是其他小問題。而且我本來就一直負責為文社長處理私事，在疼愛妻子的文社長的請託下，才改為陪在韓老師身邊。」

這次換神經病的眼神變了。但那銳利的眼神一閃即逝，可能只有我一個人發現。

「那她就可以不用帶藥，輕鬆來玩了。」

「她沒有閒到可以跟著你跑行程，但如果你希望的話，我可以過去旁觀。」

「旁觀？這不是什麼扮家家酒耶，如果你沒做好大鬧一場的覺悟，乾脆別來了。」

神經病是不是被趕出公司後，真的發瘋了啊？我突然有點擔心。他是不是和人們說的一樣，因未嘗一敗，一旦遭遇挫折就變得不正常了？鄭義哲似乎也覺得神經病的反應很搞笑，藏不住笑容地轉過身。

「哈哈，我會做好覺悟再去的，記得把行程傳給我。」

門「砰」一聲關上後，陷入了幾秒的沉默。我看著那小子，他則看著關上的門陷入沉思。當他終於回頭看向我時，我才問出自己一直忍住沒問的問題。

「你在開心什麼？」

如果看見他的表情，可能會覺得這個問題很奇怪。他既沒有露出開懷的笑容，眼神也並未帶著笑意，更不是處在情緒激動的狀態。果不其然，他沒有否認。

「感覺再過一陣子就能抓到了。」

「抓到什麼？」

「韓莉燕的祕密。」

我又一次想起韓莉燕寫的那張紙條。雖說裡面藏著她極力隱瞞的祕密，但僅憑鄭義哲說的那些話，我還是摸不著頭緒。不過，我猜到了另一件事。

「你認為鄭義哲成為韓莉燕的親信，是因為他知道那個祕密？」

「極有可能是。」
「那祕密就藏在韓莉燕的病情裡囉？」
「不過，既然說她安然無恙，就應該相信對方啊。」
笑著這麼說的他，瞳孔中閃過一絲精明的黠色，那簡直是動漫電影的反派策劃陰謀時會露出的邪惡眼神。就是這樣我才沒辦法為他擔心。畢竟不管任誰看來，他都是終極大魔王吧。
「你不是說要去美國？」
「嗯。」
「什麼時候去？」
「總有一天會去。」
我開始想替鄭義哲加油，祝他成功打敗這小子了。
「聽說你的組員都去美國了？你怎麼沒有馬上跟去？」
「馬上把你帶去也不錯，你在那裡語言不通，就不會和其他傢伙在樓梯間聊天了。」
「是你叫我不要移動的。」
「在那之前見到的人是？」
「……我也不知道樓梯間這麼熱鬧。」
嘰咿。門再次被打開，又有人走了進來，證實了樓梯間熱鬧的說法。應該早點離開這裡的，沒想到居然會在這種情況下，遇見最不想遇見的人。

「泰民，我聽說你在這……嗯？傑、傑伊！」

愛麗絲的社長嚇了一跳，原本要踏進逃生門的腳僵硬地懸在半空中。他問完神經病「你怎麼在這裡」，便立刻瞪向我。不對，是用充斥著怒火的眼神攻擊我。只見他露出一副「你竟敢背著我自己偷偷和傑伊見面」的表情，要是跟在他身後的店經理沒有阻攔，他的拳頭肯定會直接揮過來吧。幸好神經病的聲音制止了他。

「我過來工作。」

「工作？喔，你是以夢想理事的身分出席嗎？哈哈，夏峰做人真是太成功了。」

看著他欣慰的模樣，我想起夫人要我別讓他知道真相的忠告——不能讓他知道自己引以為傲的尹理事，如今已經變成尹職員了。

「我已經卸下理事職務了。」

沒想到，神經病居然直接說了出來。該死。

「卸、卸下職務？」

社長顫抖的聲音傳了過來。我害怕一不留神神經病就會把事情和盤托出，趕緊站到他身前。

「社長，你不用驚訝。」

「你閃邊去！卸下職務？這句話的意思！是不是——」他一把將我推開，對著尹傑伊瞪大雙眼，「你終於當上社長啦？呵哈哈哈！我就知道夢想那個老油條社長會被趕下臺，換你上位！」

「我沒有當上社長。」

社長的笑容立刻消失。這就是神經病應該存在的少數理由之一——負責潑社長冷水。

「不是社長啊？真可惜。那你負責什麼職務？」

「現場經紀人。」

……什麼？他在說什麼鬼話……剎那間，我們三個都瞪大了眼睛。等等，今天有個現場經紀人要來……

「嗯？」

「不會吧？」

當我和社長只能發出驚愕的感嘆時，店經理已經得出結論。

「所以尹理事成為泰民的現場經紀人囉？」

怎麼有這種發瘋的神經病！

原本不停震動的廂型車引擎一熄火，四周立刻安靜了下來。

「是這裡嗎？」

神經病看著窗外的房子，詢問社長。

「嗯，嗯，這就是我們家。你是第一次來吧？對了，開車會不會很難？這是手排車，又沒有動力方向盤，應該不太好開吧？」

他之前明明跟我說轉方向盤可以鍛鍊肌肉，要我懂得感恩。

「這臺車是我臨時租的，明天就會報廢，你不用再開這臺了。」

他之前明明跟我說有這種車開就要感恩了，要把它當成家人一樣珍惜。才一天不到，我就要和家人天人永隔了。

「不會，這臺車很好。」

社長的表情瞬間扭曲，我為了極力忍住不嘲笑他，臉也變得扭曲。

「你累了吧？進去吃頓飯再離開吧，我老婆說她今天剛好烤了肉。」

社長一邊說著，一邊偷偷觀察神經病的反應，一臉擔心神經病會說要直接離開的表情。

「我還有工作，得先離開了。」

社長的肩膀無力地垂下。見狀，我忍不住數落神經病。

「吃完再去吧。就算要工作，也要先吃飯不是嗎？」

「你的宿舍在這裡吧？」

「好吧。」

「嗯。」

他回答完就下車了。我再次看向社長，雖然努力隱藏表情，還是能看出他簡直快要開心死了。隨後，他突然對著我瞇起眼睛。

「你不准跟傑伊搶肉吃。」

好的，那我就跟你搶。下定決心後，我走進據說碰巧烤了肉的房子，鋪上草皮的雅緻庭院，已經擺好了外燴。

雖然尹傑伊真的只是吃了一頓飯，不到一小時就離開了，社長卻在那之後舉辦了派對，連夫人都喝到有點微醺。夫人和我戰戰兢兢，深怕他知道尹傑伊是被趕出公司才來當現場經紀人，社長的反應卻和我們的擔心不同，他簡直興奮到了極點。

「是啊，傑伊也該休息了。名義上是現場經紀人，但對於只會工作的傑伊來說，這就等於休假嘛。而且他一定是想在家人溫暖的懷抱中好好休息，才把百元託付給我的吧？哎呀，他想和叔叔一起工作的話，直說就好了嘛。啊哈哈哈！真不知道他是遺傳誰，怎麼這麼靦腆？」

我也很好奇社長到底是遺傳到誰。託他的福，滴酒未沾的我一直收拾到午夜才終於躺上床，然後忽然開始擔心神經病了。正當我猶豫要不要傳簡訊問他「你不擔心自己的處境嗎」時，電話響了。螢幕上顯示著漢洙的名字。

「嗯。」

『嗯？哥，你秒接耶，你還沒睡嗎？也對，在這種情況下還能若無其事地呼呼大睡，那就不是人了吧。嗚嗚嗚，嗚嗚，嗚嗚嗚。』

他也喝了酒。怎麼到處都有醉漢啊。

「喂，你回家睡覺。」

『你都睡不著了，我怎麼能睡！哥，你被公司封殺之後，就沒有一件事是順利的！嗚嗚嗚嗚，這都是蔡度相那個王八蛋害的，幹，要不是那傢伙在片場多嘴……』

「閉嘴，去睡覺。」

『為什麼那個王八蛋都把你害成這樣，還到處放話說他以後也不會放過你？』

「以後？」

『對，他說以後不管你做什麼，他都會跟你作對。我今天被認識的前輩叫去參加演員聚會，結果蔡度相那傢伙也在現場。他一看到我，就要我叫你以後小心一點……喔，幹，我被旁邊的人攔住，什麼話都說不出口。我真是個廢物，我這種廢物真是該死。你對我那麼好，我卻沒罵他半句……』

「喂。」

『怎麼了？』

「別囉唆。」

『好。對了，哥，我問你一件事。你不覺得這種情況很難受嗎？你是怎麼撐住的？』

我不太懂漢洙的問題，只覺得有點想笑。

「閉嘴，我要掛了。」

我主動掛斷電話，在黑暗中咧嘴一笑。你問我是怎麼撐住的？我根本沒撐住。你問我不覺得這種情況很難受嗎？一點也不。雖然漢洙說我完蛋了，但我仍能接觸自己喜歡的工作，現在還有神經病陪伴在身邊。拿一句幼稚的漫畫臺詞來說，我擁有愛與希望。

愛與希望？明明沒說出口，我卻起了一陣雞皮疙瘩。

「幹，愛與希望。」

我一邊喃喃自語，一邊咧嘴笑了出來。我也和神經病一樣瘋掉了嗎？前幾天才安慰自己，離開高級公寓、被趕出公司應該能減輕我的罪惡感，沒想到才過幾天居然就適應了這種狀況，還說著愛與希望？

對我來說，即使情況再怎麼惡化，也與此前相差無幾，無論處境如何惡劣都無關緊要。因為我已經變了，變成會不知不覺說起「愛與希望」這種幹話。

因此，並非周遭環境改變就能夠減輕罪惡感、終結失眠。這對我來說仍舊是個無解的問題。說不定拚死拚活辛苦工作、毫無想法的那個時候還比較好。那時候反而單純，顧著忍受肉體上的痛苦，根本無暇思考。

可能是這個緣故，我又在夢中回到了辛勤工作的那個時候。跑工地、工廠夜班、宅配、送報紙，我一路奔波，地點和服裝迅速切換。我不停忙於工作，跑到上氣不接下氣。明明清晨才入睡，夢境卻十分漫長。

原以為自己會永遠走不出這場夢境，然而，一切卻倏然如潮水般退去。我彷彿被吸進下水道般回到了現實——那是感知到危險的本能。迷茫的大腦尚且無法運轉，我迷迷糊糊地抬起頭，接著無聲地倒抽了一口氣。清晨的微光透過玻璃灑落，此時窗前正站著一個人。

「幹。」

我咒罵了一句，急忙坐起身。受到驚嚇的心臟撲通狂跳，呼吸也變得急促，不過倏然湧上的煩躁掩蓋了一切。是神經病，又是這小子。

「你瘋了嗎？到底是怎麼進來這裡的？」

「用鑰匙。」

他拿起一張小小的感應卡。社長家的大門鑰匙？為了不讓真正住在這裡的我看到密碼，遮遮掩掩按完密碼開門的人，居然給了神經病鑰匙？另一股有別於此前的憤怒一併湧上，但我強自壓抑著怒火，開口問道。

「那怎麼不叫醒我？幹嘛又那樣盯著我看？」

「我怎樣盯著你看？」

很嚇人。用一種彷彿我鑄下大錯的冷漠眼神看著我。一向如此。每次醒來看到的那小子，都帶著那樣的眼神俯視著我。而他那樣看著我的原因，怎麼想都只有一個。

「你看我睡得很香，眼紅了是不是？」

「差不多，因為實在太好笑了，我忍不住笑到泛淚。」

那不帶笑意說出的話更嚇人了。

「哪裡好笑了？」

「你即使換了一個地方，睡覺的習慣還是一樣。」

怎麼可能？我在這裡依舊失眠睡不……奇怪了，那小子不可能知道我有失眠的問題。他是另一個意思吧？打呼或磨牙之類的？

「我睡覺怎麼樣了?」

「你會發出無聲的慘叫。」

「……」

「還會像死了一樣無法呼吸。」

——那是作噩夢的關係。

聽到我小聲狡辯,他噗嗤一笑。

「失眠又作噩夢,花樣還真多。」

「那你就不要看啊,你不要管就好……喂,你幹嘛?」

看見他的動作,我倏然愣住了。只見他脫下襯衫,隨手往旁邊一扔。

「我要做。」

你要做?可能是剛睡醒,我不自覺天真地反問。

「做什麼?」

他再次彎起嘴角,一邊脫下褲子。他裡面沒穿內褲,硬挺的性器立刻彈了出來。在我遲疑的時候,他已經欺身朝我靠近。他好像洗過澡了,身上散發著肥皂的香味。不知為何,這股味道令我有些緊張,我默默嚥了口口水,朝他問道。

「你的內褲呢?」

「忘了。」

忘記穿內褲?尹傑伊耶?他拉起坐在床上的我,脫下我的褲子。褲子被拉到腳踝,溫熱的手伸進腿間，握住了我的性器。

「因為我滿腦子只想著跟你做愛。」

「從……什麼時候……開始？」

我忍住呻吟，開口問道。他的手一邊搓揉著我的會陰，一邊朝著性器移動。

「從白天在逃生梯看到你開始。」

我的手自然地握住了他的性器。炙熱的溫度從彷彿要填滿掌心的肉棒傳了過來，莫名的興奮瞬間在下腹蔓延。只聽他在我耳邊溫柔地繼續說道。

「其實我很後悔，不管誰出現在樓梯間，都應該當場開幹才對。」

與此同時，他抓住我的肩膀，猛然將我翻了過去。根本來不及反抗，他的手掌便用力禁錮住我的頭。腰部驀然懸空，雙腿從床沿滑落，只有上半身被按壓在床上。儘管試圖掙扎起身，但他的動作更快。他強硬地將我的雙手拉到背後，用某個東西扣住了我的手腕。

「媽的，你幹嘛！」

「先告訴你，我不介意有人旁觀。」

我這才想起社長一家待在樓下，只能咬牙閉上嘴巴。可被莫名其妙壓制的惱怒，還是讓我掙扎著試圖脫開他的箝制。可惜雙手被反綁在身後，我連上半身都動彈不得。徒勞地反抗幾下之後，我再次提高嗓門。

「喂……呃！」

屁股中間被抹了某種冰涼而黏稠的東西，幾根手指馬上探了進來。在毫無準備的情況下，即便是手指也帶來了難忍的痛楚。

「媽的！」

我姿勢彆扭地破口大罵，但那不容反抗的力道讓我只能屈辱地任憑他處置。手指粗魯擴張幾下後便拔了出去，原本壓制著我的手亦下移至後頸。在撩起的T恤底下，手指從脆弱的頸項沿著脊椎向下游移，粗糙的指腹在敏感的肌膚上帶起一陣戰慄。他的手指停頓片刻，我卻因看不見他的動作而莫名緊張，試圖想轉頭確認情況，但他的手又再次將我禁錮。

「呃，你……」

無視我的掙扎，他不由分說地將性器埋入我的體內。媽的，王八蛋！難忍的呻吟堵住了內心狂飆的咒罵，我死命咬著嘴唇，不讓難堪的喘息溢出分毫。如此無助地被他壓著侵犯，令我感到十分羞恥。

他的動作異常急迫，那毫不顧及我的感受、自顧自發洩的舉動，讓我一時有些惱怒。我強忍著難堪，被欲望浸淫的身體卻順從地接受著他的侵犯。身後的他好似不會疲倦，直到貼緊著我的身體微微一顫，他大口喘著氣，發出野獸般滿足的低吼，隨即在我體內射了出來。

但我最不爽的，其實是此刻的自己。

儘管淪為被徹底壓制、束手無策的白痴，我的身體依舊不由自主地產生反應。他將性器拔了出來，原本飽脹的熱意被倏然抽離，徒留一股讓人腿軟的酥麻。那樣鮮明的快感讓我羞恥得臉紅耳熱，於是刻意開口罵他。

「王八蛋……你死定了。」

「現在死掉還太早了。」

他無趣地回擊我說的話，一邊用仍昂然挺立的性器抵住我的後穴。我再次掙扎著扭動起來。

「放手啦，王八……呃！」

他壓住我的頭，親切地給予建議。

「你應該要說『請您放手』。」

什麼？媽的，是在說什麼鬼話？不過，這番辱罵又再次被被迫吞回腹中。他的手伸到我的腿間，套弄著我的性器。一開始是握住睪丸，接著是用指尖緩緩摩擦著會陰，感受著熱意在性器上逐漸堆疊，我親口告知了此刻的感想。

「……媽的，王八蛋。」

一聲輕笑從背後傳了過來，這種時候，我反倒慶幸不用看到他的臉。在雙手被反綁、整個人動彈不得的狀態下，我的身體居然有了反應，簡直太可笑了。明明羞恥萬分，卻又忍不住興奮，這樣矛盾而不可控的欲望令我異常慌張。

原本四處點火的手停止動作，他扯住我被反綁在身後的手腕，將我拉了起來。我像個剛學會走路的孩子，踉踉蹌蹌地勉強穩住身形，又再次被他按住肩膀，正面推回床上。

他掰開我的腿，屈膝跪在床沿。

眼睛逐漸習慣了清晨昏暗的光線，此刻我終於能清楚看見他的臉。只見他面無表情，一隻手握著自己的性器緩慢套弄，另一隻手則再次探入我的後穴，緩緩抽動。太慢了。他刻意避開能帶來快樂的地方，只用手指在附近輕輕磨蹭。

雙腿不受控制地夾緊，已然挺立的性器渴望更多刺激。我艱難地抬起頭，望向他的眼睛。要是看見他嘲笑的眼神，我大概會繼續破口大罵，但他黝黑瞳孔中越發濃烈的欲望，彷彿在向我宣告他的理智正逐漸瓦解。

「媽的，你在做什麼？」

「說『請放開我』。」

「……」

他加速套弄著自己的性器，探入後穴的手指亦毫無章法地攪弄。那敏感的軟肉被刻意避開，痙攣的內壁渴求更深入的侵犯。我簡直快瘋了。得不到滿足的欲望將理智漸漸融化，我扭動著身體，懇求般對他開口。

「喂，你他媽……嗯……」

「說『請放開我』。」

「……請……啊……請放開我。」

「不要。」

什麼？剎那的錯愕化作呻吟，他的手指終於施捨般狠狠一按。過分的快感如炸開的電流在體內流竄，彷彿無法承受的呻吟差點從口中溢出。此前焦渴難耐的欲求得到滿足，酥麻的刺激鞭笞著濕軟的後穴，短暫貫穿大腦的快感讓我微微挺腰，眼前倏然一片空白。不過，那就是全部了。讓人貪戀的餘韻戛然而止，他抽出手指，露出興味盎然的笑容。我失焦的瞳孔愣愣地看著他，他卻將我抱起，讓我跨坐在他大腿上。

灼熱的性器在後穴輕輕磨蹭。現在不管怎樣都無所謂了，我只想快點紓解自己的欲望。但他的手卻扣住了我的腰，不讓我移動。幹，這次又想怎樣？我咬著下唇，不想表現出急不可耐的焦躁，他卻彷彿能聽見我的心聲，在我耳邊拆穿了我的偽裝。

「吻我。」

被人洞悉內心的慌張讓我頓時停下動作，他的手臂環過我的腰，再次下令。

「叫你吻我。」

我側過頭，嘴唇往下探尋。明明接吻過無數次，此刻依舊如同初吻般令人悸動。即使雙手被反綁、跨坐在他身上的姿勢分外羞恥，這個溫柔的吻還是舒服得讓人不住沉醉其中。溫熱的舌頭在口中攪動，舔吻著我的舌尖。

唾液在口中交換，灼熱的喘息彼此交纏。他的手用力將我的腰往下一扯。也不知道是不是身體變得敏感，即使碩大的性器一口氣挺進，我最先感受到的是令人頭皮發麻的快感，而非被填滿的脹痛。又或許，是我不曾如此興奮。都怪他綁住了我的手。無法支撐的重量讓我將性器吞得更深，身體只能隨著他的動作上下起伏。

狠狠來回頂弄的性器，一次次撞在敏感顫抖的嫩肉上。過度的換氣讓喉嚨一片乾渴，性器頂部也不斷有濁白的液體流出。手上的束縛早已鬆開，我卻渾然不覺，只能迷迷糊糊地被迫承受著他急切的侵犯，直到昏暗的天色終於泛起一絲淺淺微光。

在這裡吃的早餐，連續好幾天都一樣。吐司、荷包蛋和一杯果汁。明明一副一日三餐都準備品嘗山珍海味的模樣，早餐卻相當樸實無華。原因也很簡單——早餐是社長準備的。不過，這天卻不太一樣。我和神經病做了好幾個小時，洗完澡出來的時候，社長猛然開門走了進來。

「你今天沒有行程，我們去爬北漢山鍛鍊體……呃啊！」

他如同見鬼般盯著尹傑伊。

「咦，傑伊！你什麼時候來的？」

他對著神經病發問，眼睛卻如雷射槍般掃射著我，像在指責我為什麼沒告訴他。我怎麼說得出口？說這小子凌晨跑過來跟我做愛？

「吃完早餐如果有時間的話，我想找你討論一下行程。」

神經病隨口說完，社長瞬間瞪大眼睛。

「跟、跟我嗎？」

「是的，畢竟叔叔是經紀人。」

神經病的一句話，包含了讓社長開心的三大要素：稱呼他為叔叔、認可他是經紀人並拜託他做事，以及最後這點——

「咳咳，是啊，我是經紀人沒錯。對了，你是在邀請我一起吃早餐嗎？」

這大概是最後一次可以一起吃早餐了吧。社長雀躍地叫我們三十分鐘後再下去，便踏著輕快的步伐下樓。看著他離去的身影，我問起了經紀人完全不感興趣的行程。

「是什麼工作？」

「一份有趣的工作。」

「……」

「很期待吧？」

「一點也不。」

「你可以期待一下，接下來會越來越有趣。」

我擺出臭臉，斜眼瞪他。

「你真的要當我的現場經紀人？」

「我從昨天就開始當了。」

「你到底為什麼要這樣？」

我是真搞不懂，他是刻意向人們展現自己也能做這種事嗎？還是夢想社長沒有加以挽留，所以藉此抗議？千百種理由在腦中閃過，然而，他給出的答案卻讓我始料未及。

「我想和你待在一起。」

我拿著濕毛巾，靜靜凝視著他。和我一樣頭髮濕漉漉的他，給人一種會仔細吹整髮型的形象，但他卻只是隨手拿毛巾擦乾。

「你暫時不會有新的工作，不過我幫你安排了一連串練習，你每天都要去上課。」

「……」

「怎麼不回答？」

「知道了。」

我轉身穿好衣服，再次走進廁所發呆片刻，才回到小套房繼續讀劇本。我強迫自己不去看他的臉，堅持到和社長約定好的三十分鐘便趕緊下樓。雖然對於社長成為我的經紀人不太滿意，幸好這種時候還有氣場強大的他陪在身邊，因為他在任何時刻都能拋開雜念、保持專注——早上七點三十分，社長已經開始用炭火烤韓牛了。

人會在什麼時候徹底認知到自己的失敗？想必是意識到自己的失敗，又在殘酷的現實中遭受二次打擊的時候。任誰都是如此吧，等突然開始從事陌生工作、身體不堪負荷後才會醒悟。更何況周圍人們的行為和目光也會與此前不同，就算仍有些人態度不變，但那畢竟只是少數。

「現場經紀人？尹理事現在是現場經紀人？」

與神經病熟識的鄭製作人張大嘴巴反覆詢問。因為需要加拍一些戲份，我們抵達了位於京畿道的片場。可能是受到神經病幫助，鄭製作人才能東山再起，他眼中流露出明顯的惋惜。

他跟神經病走到一旁，安慰似的捶了捶他的手臂。許多人看著這一幕，小聲地交頭接耳。

——是誰啊？

——聽說是夢想的尹理事。

——因為韓莉燕而辭去理事職務的人？

——聽說他捐了一堆錢，現在變成窮光蛋了嗎？

——所以才來當現場經紀人？

——太猛了，真的太猛了。

我甚至聽到了嘻笑聲。

畢竟這部電視劇由夢想製作，神經病的出現理所當然會引人矚目。只不過，現場氣氛與上次在拍攝途中，夢想幹部帶著應援車前來時恰恰相反。當時拍攝現場許多夢想旗下演員和他們的經紀人，全都像幼稚園小朋友一樣，亦步亦趨跟在幹部身後。

反觀現在，神經病受盡了冷嘲熱諷。曾試圖在拍攝前期討好我的那些人，全都對他指指點點，嘲笑得特別大聲。當然，我的處境顯然也不遜色於他，方圓幾公尺都沒人敢靠近。我撇過頭，聽見了經紀人和造型師面色凝重的竊竊私語。

「公司的實質掌權者到來，大家都很緊張耶。」

「雖然尹理事刻意卸下職務，來當現場經紀人，但大家應該都認為那是偽裝吧。」

「呵呵，就算鑽石被潑了泥巴，依舊會閃閃發光。」

我倒是想朝著社長的眼睛潑泥巴。不過，或許我該慶幸他們兩個陶醉在自己的世界，並未發現任何端倪。就在這時，副導演板著一張臉，招手要我過去。
「李泰民先生，你沒接到通知嗎？我們有說你的戲份已經被刪掉，所以不用來了。」
「我沒有接到通知。」
「沒接到通知？你的經紀人還是現場經紀人明明有回覆確認收到啊。」是神經病嗎？既然收到通知，還來這裡做什麼？
「總之呢，我們已經事前告知，今天請你直接回去吧。」
既然人家請我離開，我當然得離開了。但我想起了劇本的最後一幕，即使不是主要角色，我的最後一句臺詞仍是劇中關鍵。在原作中，那也是經典臺詞之一，所以這幾天我一直都在拚命練習。
「是我的最後一場戲被刪掉了嗎？」
「不，那場戲會繼續拍，只是抽掉了你的戲份。」
「那誰要演？」
副導演沒有回應，而是轉向其他方向朝工作人員大喊。為了得到答案，我站在一旁默默等候，見我沒有要離開的意思，他又擺出臭臉轉過頭。
「其他演員會演。」
他如同逃避般快步離開，問題的答案卻從我身後傳了過來。
「聽說是K娛樂公司向劇方施壓。可能是尹理事沒辦法動用權力，電視臺才會同意。導演清晨的時候還氣到跳腳呢，因為夢想的人要他依照K娛樂公司的意思進行。」

來者是和漢洙很要好的趙賢。他走到我身旁，聳了聳肩。

「大概是夢想裡反對尹理事的勢力趁虛而入，他們才敢這麼囂張吧。就算尹理事現在去拜託導演也一樣沒轍。」

神經病不可能拜託導演那種事吧。

「你好像不太認同？」

「對。」

他對於我輕易脫口而出的附和感到神奇，忍不住露出笑容。

「可是前輩，你也沒想到尹理事會變成你的現場經紀人吧？」

「……」

「從尹理事將鉅額財產全數捐出時，我就在想，說不定他對權力的欲望不如我們想像中強烈，也並非一個完美的人。你知道夢想和K娛樂公司撞檔期的電影沒辦法上映了吧？現在的情況像是尹理事下臺以示負責，但其實尹理事根本沒有責任，他自願下臺，不就等於被人栽贓嘛。要是尹理事堅決不妥協，就不用為此負責了吧。可沒想到，他不僅輕易放棄理事的職位，居然還跑來當你的現場經紀人？哇，真是奇招。說不定尹理事是大家無法想像的那種類型。」

「哪種類型？」

「為愛豁出性命的類型。」

這簡直是我至今聽過最荒謬的話。不過，這小子卻繼續認真闡述自己的假設。

「說不定他是為了親自管理和捧紅愛人，才拋下一切去到你身邊。」

「……」

「一定不是這樣吧？哈哈，我自己想了想也覺得荒謬。」

「知道的話就趕緊閉嘴。」

「前輩，你那樣瞪人雖然很可怕，卻也非常迷人耶。」

「喂。」

我著急地警告他，他似乎也察覺有異，順著我的目光轉過頭。不過，他其實無須這麼做，因為惡狠狠瞪著我們的社長已經快步走了過來。他望向我的目光，傳達的訊息十分明確——你在劈腿嗎？

「經紀人，這只是單純和我一起工作的……」

他舉起手打斷了我的解釋，接著上下打量趙賢，一邊問我。

「是誰？」

回答問題的，是站在後方的店經理。他掏出小本子，開口念道。

「趙賢，年齡二十二歲，尚未服兵役，是加入夢想不到一年的新人。」

趙賢似乎覺得我的新經紀人很有趣，彷彿看戲般和他對視。

「你好，我叫趙賢。」

社長沒有回話，而是對店經理使了個眼色。店經理趕緊繼續說明。

「目前在排名中上的大學就讀經濟系，屢次操弄媒體將他介紹為高學歷藝人。不過成績方面，休學前的GPA[9]是一點七，一塌糊塗。」

成績一塌糊塗的休學生神色略顯慌張。

「加入夢想之前，本來想以偶像身分出道，但因為更想成為演員而跳槽到夢想……這只是表面上的原因，實際上是某天蹺掉舞蹈練習跑去夜店鬼混，被經紀公司社長訓了一頓，一氣之下和對方槓上，最後遭到公司解約，才更換了經紀公司。」

和社長槓上、且成績一塌糊塗的休學生，表情變得和石頭一樣僵硬。他似乎想要開口，但店經理還有話要說。

「幾個月前他飾演獨幕劇的主角，累積了一些知名度，卻在上綜藝節目時失言，說『腳踝粗的女生很扣分』，還沒走紅就引起女性粉絲反感。即便之後接到不錯的角色，短期內的星途應該不會太順遂。就失言風波觀察到的，他平時對女性外表的評價相當刻薄，而且戀愛經驗豐富到幾乎對女人來者不拒。雖然年紀尚輕，但極有可能為了追求更強烈的刺激，對男人也來者不拒。」

店經理報告完畢，社長淡定地做出總結。

「是需要注意的對象呢。」

「到底為什麼要調查我？」

社長沒有回應趙賢，再次對店經理使了個眼色。店經理再次翻開小本子。

9　成績平均績點（Grade Point Average），計算方法為把學科得到的評級換算成績點，再按照各學科占比加權所得的數字。具體算法因國家、地區及學校有所不同。

「自以為是個自律的人，刪除了所有出道前的過往紀錄，不過網路上仍有幾則丟人的事蹟流傳，如果爆紅之後被翻出來，應該可以輕鬆養成一百萬個黑粉。我也看過那些事蹟，實在不好意思念出來。」

趙賢緊緊閉上嘴不說話了。社長對著臉色僵硬的趙賢揮了揮手，示意他趕緊滾一邊去。趙賢嚥了口口水，立刻轉身離開。我無言地看著這幅景象，就見社長在自己的小本子上劃掉了某個東西。

「解決掉一個傢伙了。」

一個傢伙？

「其他單純共事過的同事還有誰？」

社長輪番掃視小本子和我，一邊問道。小本子裡面到底有什麼？像要代替徹底愣住的我回答，店經理的眼神瞬間變得銳利。

「經紀人，三點鐘方向，身穿軍綠色T恤的男人。」

三點鐘方向？我立刻轉頭，視線所及，是和我熟識的特技組組長。

「社長，不對，經紀人，我不知道你到底想做什麼，但是……」

「哼，那傢伙嗎？」

我的話再次慘遭無視。看著社長殺氣騰騰的背影，我猛然回過神。儘管後知後覺地想追上去，有人卻拉住我的手臂制止了我。回頭一看，不知道什麼時候到來的神經病正站在我身後。

「你要去哪裡？」

「喂，你放手，社長正在做奇怪的事。」

「什麼事？」

「他正在一一去找和我很熟……不對，單純只是同事的人。」

「那是他喜歡社交。」

「不是，他不是找人閒聊，而是私下調查對方……」

「如果感興趣的話，調查也很正常吧。」

「什麼？」

「奇怪的人是你，幹嘛在意那些同事和經紀人聊了什麼？」

又在說什麼鬼話，奇怪的為什麼是我？我正想開口反駁，神經病又低聲補充。

「還是你有特別在意誰？」

「……」

「是誰？」

「沒有啦，幹。」

「那就好。」

神經病點點頭，看了一下時間。我先是皺著眉看他，才發現一直有目光望著我們的方向。

「你今天早就知道我不用拍攝了嗎？」

「嗯。」
「那為什麼還要來？」
「我想確認。」
「什麼？」
「誰和你一起工作、誰會找你說話。」
到底是什麼意思？社長什麼都不知道也就算了，這小子現在真的像趙賢說的一樣，表現出為我卸下理事職務的樣子。當然，他的目的顯然並不是幫助我成功，而是想藉機處理掉我身邊的人。不過，他不可能基於如此單純的理由，就交出理事職位，那樣根本不合理。他到底在打什麼鬼主意？
「兩小時後出發，如果你還想跟誰打招呼就去吧，一個也不要漏掉。」

大部分新人或默默無聞的演員感到最痛苦的，就是沒有工作。我先前認識的配角演員，大多都贊同這個觀點。即使參加幾百次甄選與試鏡、與導演見面，但就算是擁有幾年資歷的資深演員，也時常接不到任何工作。
不，是根本沒機會參與試鏡。他們說到了那種時候，就會索性放棄這個職業。如果不願放棄，希望繼續留在這個圈子，就必須轉到幕後，但那其實也不太容易。我想演戲，不想放棄演員的身分去從事其他工作。
對於這種情況，我其實並不覺得辛苦。對我來說，只要能想辦法和這份工作保持交集，就能期待有朝一日能重新站在攝影機前面。過去這一週，我有幸參與了兩次試鏡。其中一次，是被譽為國民演員的劉江壽主演的電影配角。

據說那是砸重本製作、備受期待的作品，許多人排隊想要參演。我受邀試鏡的是戲份極少、臺詞和劇情卻相當吸睛的角色。我整整三天都在練習事先拿到的幾頁劇本，讀到紙頁上的字都快糊掉了。

在試鏡評審面前，僅有一到兩分鐘能展現自己準備的一切。不過，得到一句「可以了」回來後，便再也沒有接獲聯繫。而第二場試鏡的準備時間更短，那是首次聽聞的地方電視臺特輯獨幕劇的配角，出場頻率比電影更高。

我練習了兩天左右，再坐四小時的夜車來到外地，卻只聽見人選已經確定的答覆，甚至連製作人都沒見到。這種事早就見怪不怪了，我也沒什麼感想，只是對於跟我一起行動的三人感到抱歉。

當然，那股愧疚馬上就轉化為煩躁。社長、店經理和神經病每經過一個休息站都要停下來，吃遍休息站所有小吃，再到附近的觀光景點遊覽，所以回程足足花了七個小時之久。

我不禁懷疑，這些人根本是故意拿試鏡當藉口，自己出來郊遊吧。我會產生這種想法也很正常，畢竟社長和店經理讓我在電視臺下車後，便直奔觀光景點，然後兩手提滿地方特產愉快出現。作為我的經紀團隊，這些人樂在其中我也十分慶幸，問題是我本人並不快樂。當然，這次也是一樣。

——一份有趣的工作。

神經病口中的「有趣」，絕對不可能真的有趣，而且聽說根本不是演戲。我當時就該徹底做好覺悟才對。早就料到會是一份苦差事，但我的覺悟顯然完全不夠。我仗著自己做過苦工的豐富經驗，自滿地覺得無所謂。

不只是體力活，需要勞心費神的差事我也做過，我認為沒有什麼難得倒我。但那顯然只是我自我感覺良好罷了。現在在我眼前的，是此前任何一份工作都無法比擬的絕境。八個五歲小孩仰望著我，眼睛炯炯有神地詢問——

「叔叔，你要陪我們玩什麼？」

「孩子們兩小時後要吃點心，盡量在那之前搞定。」

四十幾歲的女製作人一邊提供流程表，一邊向我解釋。拍攝團隊只有五個人，儘管不知道節目名稱，但據說是兒童電視頻道外包製作的節目，想呈現藝人到幼稚園與孩子相處的點滴。看到我這種無名小卒登場就知道了，這絕對是沒人想看的節目。

好吧，這根本不重要。問題是，我直到拍攝當天才粗略了解工作內容，但只憑一張簡單的流程表，我根本不曉得自己該做些什麼。流程表有些地方甚至只寫著「來賓藝人展現才藝」一句話。我又沒有才藝，到底要展現什麼？總不能教一群幼稚園小朋友分類宅配箱吧？

「既然你是演員，請你念童話故事給他們聽吧。先前來過的歌手還唱了歌呢。我們不奢求你做到那種地步，只要生動一點就好。」

女製作人的語氣略顯刻薄。雖然大部分製作人都一臉疲憊，這個製作人的臉色卻特別差。

「有什麼疑問嗎？」

疑問可太多了。什麼都沒說明，就讓我在幼稚園下車的神經病，搬出他只是現場經紀人的藉口退居後方，雙手交叉在胸前看戲。號稱是我經紀人的人，為了和神經病多說一句話，在他身邊不停打轉；造型師原本還會注意我的服裝，但聽到神經病告知隔天的行程，就說要調查資料，匆匆離開了。真不知道他到底是造型師，還是徵信社的員工。算了，現在不是擔心別人的時候。我看著製作人給的流程表，細閱讀了第一段拍攝內容。

念童話故事給孩子們聽，帶領孩子們反思，並接受提問。

童話故事的名字是「霍勒太太[10]」。是蒲公英的種子[11]嗎？怎麼會取這種名字？了解後才知道，那是一個外國的老太太。故事內容是善良美麗的女兒遭到繼母虐待、包攬所有家事，卻不慎掉進井裡。醒來後，發現自己到了另一個世界。一路上，她受裝滿麵包的烤箱之託幫忙取出麵包、幫忙從蘋果樹上摘下蘋果，最終抵達名為「霍勒」的老太太家中。

老太太說，只要她在自己家幫忙，就讓她過上幸福的生活，善良的女兒便在那裡工

10 《霍勒太太（Frau Holle）》，德國格林童話的其中一篇故事。

11 在韓文中，「霍勒（홀레）」與「種子（홀씨）」的發音相近。

作，並在賺取黃金後回到現實中的家。繼母見狀，也將醜陋又懶惰的親生女兒推入井裡，但懶惰的她卻只被淋了一身黑油，一輩子只能以那副模樣生活。這個故事的主旨顯而易見——

「這就是善有善報，惡有惡報。」

不曉得是不是枯燥乏味的童話故事終於結束，在我說故事時心不在焉的孩子們紛紛轉頭看向我。後來我才知道，是站在角落的老師提醒孩子們要專心。孩子們呆呆地望著我，而我望向製作人，她一臉疲憊地揮手示意我繼續。我實在無話可說，決定把發言權交給孩子們。

「有人要發問嗎？」

他們再次呆呆地望著我。當我以為自己得強行掰出另一種解釋時，一個孩子左右扭動身體，開口說道。

「不是因為善良，是因為美麗。」

「什麼？」

「是因為美麗才能拿到黃金，壞小孩長得醜，所以拿不到。」

不，是因為善良。我本想反駁，又低頭看了眼故事書。被他這麼一說才發現，描述善良就夠了，為什麼要寫美麗呢？形容壞孩子長得醜，只會加深對外表的偏見吧。這時，企劃在素描本上寫了幾個字，高高舉起。

請告訴孩子，童話中的「美麗」指的不是外表，而是內心。

「這裡的『美麗』和『醜陋』指的不是外表，而是內心，是內心美麗或醜陋的意思喔。」

「怎麼樣是內心美麗？」

「很善良吧。」

「眼睛又看不出來。」

「看得出來，可以從動作或言語知道。」

「可是奶奶交代過我，不可以被親切的人騙耶。」

真是的，奶奶，您真會教孫子。我再次看向企劃，她和幼稚園老師交談片刻，再次在素描本上寫字。

有些人的外表和內心不一樣，會笑著欺騙別人，所以當然要小心。不過世界上有更多人擁有一顆美麗的心，各位小朋友也要成為這種人喔。

「有些人的外表和內心不一樣，會笑著欺騙別人，所以當然要小心。不過……」

「那要怎麼看出美麗的內心？」

又是同一個小朋友。

「要跟他互動啊，第一眼是看不出來的。」

「為什麼要跟他一起動？」

「不是一起動，是互動，是跟那個人相處的意思……」

「我爺爺被有三十幾年交情的好朋友詐騙，生重病住院了，所以奶奶才說，就算親密相處三十年也看不出人心狡猾。」

好吧，我就知道他家不簡單。

「我爺爺跟朋友相處了三十年，為什麼還是沒發現對方內心醜陋呢？」

「因為沒有展現出來。朋友三十年來只讓你爺爺看見美麗的內心，但他在三十年後，換成了一顆醜陋的心。」

「所以我好朋友的心，也可能突然變醜囉？要是他騙走我的錢怎麼辦？」

「還能怎麼辦？看著辦囉。」

企劃和老師頓時露出慌張的神色，但我沒有理會，對著孩子們繼續說道。

「不過，別害怕那種事發生。要是有人欺騙你們，就向對方復仇吧，加倍奉還回去，那樣至少你們身邊會少一個內心醜陋的人。懂我的意思嗎？」

我沒能聽到孩子們的回答。拍攝就此中斷，老師衝了出來。在她重新向孩子們說明的同時，我被企劃狠狠訓了一頓，說「不可以和孩子那樣講，居然要他們復仇？如果孩子們吵架之後，真的為了復仇不和好，你要負責嗎」等等。我像個幼稚園小朋友被訓了一頓，才重新開始拍攝。孩子們似乎厭倦了，坐著扭來扭去，難以保持專注。雖然對孩子們很抱歉，但我只能重新再說一次。

「這就是善有善報，惡有惡報。」

闡述完這個道理後，我再次詢問。

「有人要發問嗎？」

一個孩子立刻舉手，是那個被奶奶教得很好的孩子。

「主角很善良沒錯，但她是因為內心也很美麗才拿到黃金的嗎？」

他不只被教得很好，也很懂得做節目，提前說出了我的臺詞。

「算是吧。」

「要怎麼知道內心美麗？」

又回到和剛才類似的狀況了，工作人員紛紛露出緊張的神色。

「要和那個人相處過才知道，不是第一眼就能看出來。」

「我爺爺被認識三十年的知己……」

「當然，人還是有可能被認識三十年的朋友背叛，還因為受到太大的打擊而病倒住院。」

「我奶奶說人……」

「所以不能只看外表，就認為對方的內心也是那樣，因為人心是會變的。」

孩子明顯露出厭惡的表情。可能是我把他要說的話都說完了，他甚至還瞪了我一眼。

「可是有些人內心狡猾！」

「每個人都有狡猾的一面。」

「才沒有！我就沒有！我爸爸媽媽也沒有……」

「不，有的，你心裡也有狡猾的一面，你爸媽也有。現在在那裡張大嘴巴的老師、對我揮手的企劃和我身邊的朋友也都有，每個人都有狡猾的一面。」

本來準備哭出來的孩子又停住了。

「人心都有醜陋的一面，所以才會一下美麗、一下醜陋。你們有沒有被爸媽或老師罵過？有沒有做過他們叫你們不要做的事？」

孩子們點點頭。

「那就是你們的內心變得醜陋的時候，甚至可能因此變得狡詐。但現在沒有這樣，對不對？」

「現在沒有！」

孩子們放聲大喊。啊，耳朵好痛。

「內心的美醜其實只有本人看得到，所以檢視自己的內心有多麼美麗或醜陋，比觀察別人的內心更重要。」

一個女孩靦腆地舉手。

「我昨天才跟妹妹吵架，這樣我的心會一直很醜嗎？」

「妳們和好了嗎？」

「和好了。」

「那就已經恢復美麗了。因為妳們有向彼此反省道歉，所以會變得比之前更美麗。」

這時，我又聽見了另一個問題。

「如果以前內心醜陋，經過懺悔和反省後，還會變美嗎？」

眾人轉頭看向舉手發問的人，連孩子們也跟著轉頭，只有我獨自怒瞪著他。那個臭神經病，幹嘛舉手攪局？我沒有理他，把目光轉回孩子身上，神經病卻將手舉得更高，繼續問我。

「我在問你，如果經過充分反省和懺悔，會不會變美？」

我真希望內心立刻變得他媽超醜，直接狠狠灌他一拳。不過，看見工作人員錯愕的表情，我只能無奈地開口。

「會變美。」

「那如果本人沒發現已經變美了呢？」

「……」

「要是身邊的人都說變美了，本人還是堅持自己很醜，該怎麼辦？」

「還能怎麼辦？別管他了。」

神經病看著我，彎起嘴角。

「我不想。」

「所以到底要我說幾次？說故事的橋段根本不能播出。李泰民先生說故事的片段統統都要剪掉，只能勉強用與孩子的對話湊時間，不可以連對話時間都搞成這樣。」

她不耐煩地說著。喔，這就是大家在拍攝期間表情不好看的原因啊。我今天才第一次看到《霍勒太太》的故事，在說故事的時候很難帶入情緒，而且沒有時間練習，就立刻開拍了。

後來我才知道，是今天說好要來的藝人臨時放鴿子，我才過來代班。要狡辯當然也能找到藉口，但沒能生動念出第一次閱讀的童話故事，的確是我能力不足。我只有反覆說著「是」，承受著企劃的責難，目光卻忍不住望向一旁。

製作人正和神經病一起看著攝影機螢幕。他們似乎在簡短交談，製作人一臉認真的樣子。她好像在倒帶某個片段，然後鬆開手，目不轉睛盯著拍好的影片。怎麼了？難道我還犯了其他錯誤嗎？這時，神經病抬起頭來，和一直盯著他們看的我對視。只見他微微勾起嘴角，緩緩用唇語說出三個字。

——我不想。

他捉弄我的把戲，簡直比幼稚園小朋友還幼稚。那種傢伙居然能當上理事？見我一臉不爽，他立刻開心地噗嗤一笑。靠，那個臭小子。我也想用唇語罵他，但他已經因製作人的呼喚而挪開目光。與此同時，企劃犀利的語氣再次傳了過來。

「還有，請提醒你的現場經紀人不要再插嘴了，我不管他認不認識製作人，突然介入拍攝都很不禮貌。他應該不是第一次看你拍攝吧？」

我用力點頭。

「當然不是，他比任何人都了解拍攝。那不只是沒禮貌，是徹底瘋了吧。」

「不是，也不至於到瘋了……」

「哪裡不是了？他當自己是幼稚園小朋友嗎？幹嘛亂舉手？如果是這樣，怎麼不去乾脆重讀一次幼稚園算了，幹嘛一直跟在身邊欺負我？難道不是嗎？」

「……這我不清楚。」

「……」

我忽然有種遭受背叛的感覺。妳不應該和我同仇敵愾，一起罵神經病嗎？不過，深知無人能吵贏疲憊的節目工作人員，我沒有再回嘴。

「如果沒有才藝，就用唱歌代替吧。這個有時間提前練習，你趁孩子們吃飯的時候，到隔壁房間準備吧。」

「可不可以不要唱歌，改表演別的？」

「我們只有準備唱歌，你就唱吧。因為你把童話故事念得像語文課本，必須整段剪掉，至少要唱歌湊時間。你會唱歌吧？你會什麼樂器？」

「鈴鼓。」

「……我會請老師彈奏鋼琴，如果你是音痴或沒節奏感，請你提早跟我說一聲，我得想想其他橋段。」

「那我來想吧。」

「你來想？你不是沒準備嗎？」

「雖然沒準備，但我有才藝可以表演。」

她意外地盯著我。

「你的才藝是什麼？」

「拳……」

「絕對不行。」

我連「擊」字都還沒說完，提議就立刻遭到否決。

「你教孩子們拳擊，是又要慫恿他們復仇嗎？你不能因為自己以前混日子……咳咳，對不起。」

「沒關係。」

我是真的不介意，畢竟那是事實。我只訝異有那麼多人看過我的報導。

「但拳擊還是不行。」

「那就表演拳擊當中的基本運動吧。」

我趕緊接著說道。

「絕對不是可以用來復仇的運動，請不要擔心。」

拍攝地點改成幼稚園前面的遊樂場。拍攝前有許多東西要準備，但最需要我的卻是社長本人。他把我拉到一個四下無人的地方，手搭上我的肩膀。

「你看起來和企劃很要好的樣子？」

「怎麼可能？」

「可是你們單獨對話的時間，足足有三分二十五秒耶？」

「我們只是在討論拍攝內容。」

而且我一直被她斥責，到底哪裡看起來很要好了？

「那你的表情為什麼那麼溫柔？」

因為被罵……該死，哪裡溫柔了？

「社長，你真的不用擔……」

「不過，不用再擔心了，因為我已經和企劃說清楚了。」

「什麼？」

「你覺得呢？當然是你已經名草有主的美好故事啊。」

「……」

「她不愧是編劇，理解能力相當不錯，馬上就聽懂了，還為你的愛情加油。」

我轉過頭，沒過多久就找到了待在拍攝團隊附近的企劃，她正好也看向這裡。我們的視線剛在空中相遇，她立刻瑟縮了一下，露出尷尬的笑容並將頭轉了回去。好，她似乎懂了，似乎徹底懂了，該死。

企劃可能是想像力過於豐富，於是派了其他工作人員來通知我開拍的消息。我再次走到就定位坐好的一群孩子前方。雖然企劃拜託我多湊一些時間，但我要表演的才藝是跳繩，沒有太多需要解釋的地方。

「輕鬆跳，然後手臂迅速轉動。」

我為了示範，握住跳繩把手準備開始表演。就在這時，一個孩子突然高聲吶喊。

「我們也會跳繩！」

是被奶奶教得很好的那個孩子。好，就知道是你。

「你不會這招吧？」

說完，我便展示了一跳二迴旋。咻，咻，跳繩的風聲在遊樂場響起，我跳完一跳二迴旋，又輪流單腳跳。跳繩在拳擊訓練中是家常便飯，即使閉上眼睛我也手到擒來。結束簡短的示範後，製作人要求我多跳一點。

「你也會一跳三迴旋嗎？」

那有什麼難的？我又跳了幾次一跳二迴旋當作暖身。膝蓋抬高，身體高高躍起，輕微的滯空感驟然傳來。比方才更響亮的風聲再次響起，我開始展示一跳三迴旋。隨著跳繩轉速漸緩，我輕鬆跳了幾下才停下動作。原本打算問「可以了嗎」，卻看見孩子們各個伸長脖子緊盯著我看。為什麼大家是那種反應？

「有人要試試看嗎？」

「我要！」

「我要！」

「我要！」

嚇我一跳。孩子們同時舉手站了起來，仔細一看才發現，唯有一個人還坐在原地——那個被奶奶教得很好的孩子。在孩子們開始跳繩前，我先帶領他們輕鬆熱身。

「像一顆球輕輕彈跳。球丟到地面上會怎麼樣？」

「彈起來！」

「沒錯，會彈起來對不對？你們現在開始就是球囉。你是籃球、妳是排球……還有什麼球？」

孩子們舉起手，爭先恐後大喊。

「桌球！」

「棒球！」

「忠武公！」[12]

「足球！」

有個孩子雖然頭腦不太好，但未來應該大有前途。

「那大家想像自己是一顆球，試著跳起來吧。是不是很簡單？」

只是單純的跳躍，孩子們卻不知道在開心什麼，一直咯咯笑個不停。他們是不是覺得太簡單了？孩子們笑笑鬧鬧跳了一陣子後，才正式開始跳繩。大部分的人都能成功，但就只是字面意義上的跳過繩子，沒辦法做出一跳二迴旋。我很清楚這點，卻還是看著孩子們努力練習，等待他們陸續宣告放棄。

「跳得不太順利吧？我告訴你們要怎麼跳得像我一樣，好不好？」

「好！」

「只要練習就好，一天跳繩三百……」

12 球的韓文為「공」，忠武公的韓文為「충무공」。忠武公是朝鮮時期名將李舜臣的諡號。日本入侵朝鮮時期，李舜臣數度以海上戰術擊退敵軍而富盛名。被譽為韓國的民族英雄。

企劃和老師瘋狂搖頭。三百下已經是縮減過的數字了耶。

「百……」

老師開始目露凶光。

「五……十……」

老師點點頭。終於徵得同意了。

「……每天這樣練習一個月就好。」

聽見要練習一個月，孩子們的表情瞬間黯淡了下來。

「如果想做到什麼事情，就必須努力練習，不過，現在可以讓你們提前體驗看看。想不想試試？」

「想！」

「你們排好隊，一個一個輪流出列。」

孩子們開心地排著隊，拍攝卻再次中斷。只見企劃衝了過來。

「體驗？你要做什麼？」

「我想揹著他們跳。」

「不可以，絕對不可以。存在安全疑慮的影片，絕對不能播出。」

「那不要播出就可以了吧。」

「什麼？」

「不是已經透過跳繩湊到足夠的時長了嗎？我剛才利用空檔看了這個節目，藝人出場陪玩的時間也就只有幾分鐘。」

「那不是你該管的事。唉，請等一下。」

她走到老師身邊，轉述了我的想法。我以為老師一定會反對，沒想到她卻同意了，說只要做好安全措施就可以，她反倒更擔心我。

「你真的要輪流揹每個孩子跳嗎？就算我們班的小朋友只有五歲，那樣也很辛苦吧，而且還要一跳二迴旋。」

「我試試看。」

老師依舊不放心，拿了安全措施過來。而我用不信任的眼神看著那個東西。跟我說這叫安全措施？

「這不是用來揹新生兒的嗎？」

「對，這是揹巾。」

「他們已經這麼大了，要怎麼用揹巾……」

「揹得起來。」

「但還是……」

「不管怎麼樣，一定要用這個揹著孩子跳。你該不會是擔心綁上揹巾就不帥了吧？」

「……」

「不願意的話，你現在就去跟孩子們說沒辦法。」

我接過揹巾，像個一九五〇年代在溪邊揹著孩子洗衣服的母親，將幼稚園小朋友揹在身上，開始一跳二迴旋。反應出乎意料地好，孩子們如同坐上遊樂設施般興奮地大叫。揹完所有排隊的孩子完成一跳二迴旋後，我的雙腿都有點顫抖了。可惡，果然是平時運動量不足。當我心想自己要好好和北漢山培養感情時，發現有個孩子正孤零零地站在角落，是被奶奶教得很好的那個孩子。這才想到，我剛才好像沒揹到他。即使迎著我的目光，那孩子也只是靜靜地看著我，沒有走過來。他是在記仇啊。

「你在做什麼？趕快過來，我揹你。」

我用力招了招手，他才扭扭捏捏地走了過來。我背對他蹲下，感受到小小的手臂環過我的脖子，勒得我難以呼吸。他是存心要復仇嗎？我揹著孩子站起身，開始跳繩。咻、咻、咻，開始一跳二迴旋後，背後傳來了小小的驚呼。

「哇……哇！」

雖然幼稚園拍攝是一項陌生的工作，但也沒有特別難忘。不過即使一天過去，有句話仍迴盪在我的腦海中。在幼稚園拍攝時總是顯露疲態的女製作人，除了下達工作指示外沒有找我說過半句話，但在拍完準備離開時，她告訴了我節目播出時間，並隨口問道。

「看來你是會徹底復仇的類型？」

我以為她是聽到我對孩子們說過的話，故意挖苦我，便說了聲「對不起」。結果她疲憊的眼睛卻定定凝視著我。

「所以你也會徹底報復自己的錯誤嗎？」

我不知道自己有沒有瞪她。我沒有回答，只是表現出不太高興的樣子，然而製作人卻不以為意。

「也對，沒有人規定必須用同樣的標準來對待自己。那你為什麼對自己的錯誤那麼嚴苛？有什麼特別的原因嗎？」

「我不知道妳為什麼要問我這種問題，但我不想回答。」

「那之後再告訴我吧。」

她不耐煩地說完便轉身離開了。之後？是還要重拍的意思嗎？比起她為何那麼了解我，這件事反而更嚇人。我決定詢問坐在一旁、正在和我一起移動的現場經紀人。

「昨天拍攝兒童節目的那個製作人。」

「她是有夫之婦。」

「……」

轟隆轟隆，地鐵搖晃的聲響掩蓋了我的沉默。我無言地看著神經病，但他只是目不轉睛盯著手中的地鐵線路圖。

「她是有夫之婦和我有什麼關係？」

「表示她以後不會和你有任何感情糾葛。」他依舊盯著路線圖，繼續說：「那個女人很有魅力。」

我的腦中一片寂靜。

「你是認真的嗎？」

他抬起目光瞄了我一眼。

兩個男人並肩而坐，還問對方是不是在吃醋，導致一旁的太太們忍不住直盯著我們看。神經病還白目地又問了一次。

「你在吃醋嗎？」

「我在問你是不是吃醋。」

「你瘋了嗎？」

我慌張地反駁後，索性看向前方，不再看他。神經病似乎終於看完路線圖了，只見他仔細將路線圖折了起來。那個製作人哪裡有魅力了？我把原本想問的問題忘得一乾二淨。這小子曾經說過誰有魅力嗎？他認為我有魅力嗎？我努力忍住好奇，看著路線圖對他冷嘲熱諷。

「那個有那麼有趣嗎？」

「當然有趣，只要看到路線密集的地區，就可以進行簡單的ＯＤ預測[13]。」

「ＯＤ是什麼？」

「起迄點調查。」

他說的明明是韓文，我卻一個字也聽不懂。

13　也稱為OD矩陣（Origin-Destination Matrix），「O」表示出發點（Origin），「D」表示目的地（Destination），係為通過分析各項數據，建構起迄點之間對應的矩陣關係。

「一種調查，用來分析人車和貨物的通行目的，或是出發地、目的地、使用的交通方式等等。」

我再次看向被折好的路線圖。

「路線重疊的地方，表示人們頻繁移動嗎？」

「沒錯，也表示車流量多、難以開闢新道路，所以要透過地鐵新增交通方式。」

「你覺得這個很有趣？」

「這是尋找樂趣的基礎。」

「什麼？」

「舉廣告作為例子吧。消費的基礎是統計學，而廣告正是將統計學應用到極致的典範。走進地鐵站，就等於踏入了廣告的陷阱。」

「我不看廣告，人們大部分也只會看手機。」

他噗嗤一笑。

「你還記得坐地鐵的時候，車廂螢幕上的廣告是什麼嗎？」

「好像是某一款遊戲。」

「沒錯，正因為大家坐地鐵都會看手機，這就是最適合的廣告。即使沒注意到，也會在不知不覺間對那款遊戲產生熟悉感，而這將成為選擇的重要關鍵，畢竟廣告的目標就是讓人熟悉產品。不過，人們幾乎意識不到自己正在受到廣告的影響。分析哪站和哪站之間有最多人流、哪站的無線網路使用量最高，和哪個時段的乘客往來最頻繁等等，再根據調查掛上相應的看板，這就是廣告。一個廣告的成效，將依據背後參考的數據多寡而異。我們周遭充斥著洞悉我們喜好的廣告，但認為這件事很可怕的人卻不多。」

「應該要覺得可怕嗎？」

「畢竟是被支配啊。他們蒐集你的資料，將你引導至他們想要的方向，吸引你購買東西耶？不過因為付了錢，社會大眾並不會覺得自己被支配。消費者為王的古早思維仍深植人心，廣告也持續灌輸著『你們是王』的想法。實際上身為奴隸，卻誤以為自己是王，既看不清現實也無法區分真假。只要掌握資訊社會的支配原理，要操縱人們就簡單了。」

「你說的這些，不是稍微思考一下就知道了嗎？」

「知道了也沒有用。」

「為什麼？」

「如果你周遭要提防的廣告只有一、兩個，那還有機會改變；但如果數量變成幾千幾萬，人們就會改變想法，認為是自己錯了，根本沒有什麼操縱，自己依舊是王。」

「……」

「只要掌握王的資訊，就有機會讓他買下特定商品、喜歡上特定人事物。相反，也有機會讓他們討厭特定對象。」

我們旁邊的大嬸剛才下了車，兩側座位都空了出來，他說的話只有我能聽到。

「所以我對這個社會非常滿意。」

我。

不曉得是不是天氣逐漸轉涼的緣故，我倏然感受到一股寒意。他從旁邊站起身，問

「不是這一站嗎？」

我看向緩緩停下的地鐵窗外，是我要下車的車站沒錯。我站到門前，等待列車停下。神經病有時候會像現在這樣說著無聊的話題。我之所以忍住沒把「少囉唆」或「沒興趣」脫口而出，是因為這樣能看見他的另一面。

即使聽不懂，我也能得知他的想法，並為自己多了解了他一點而感到滿足，僅此而已。我只是想比其他人更了解他，並不在意世界有沒有蒐集我的資訊或支配我。

在為了溫飽而奔忙的世界中，光是「活著」就已經費盡全力。不過，在下車前，我的目光始終無法離開門邊的廣告看板。以一片美麗景緻為背景，一個女人閉著眼睛，合掌而坐。她溫柔的微笑看起來和風景一樣安穩平靜，廣告文案宛如她的細語——

在自然中治癒吧。

我撇下韓莉燕，走出地鐵。

真是適合散步的天氣。但坐地鐵來到已經搬離二十年的老社區，並不是件令人高興的事。今天沒有行程，只是單純出來走走。雖然和尹傑伊在一起好幾個月了，但我們幾乎沒有假日一起出過門。

畢竟我們很少同時休假，有空也幾乎都待在家。今天早上醒來，就看見尹傑伊坐在

頂樓加蓋的套房裡看漫畫。尹傑伊居然會看漫畫?總是拿著手機瀏覽商業資料和影片的小子,居然會看漫畫?我以為自己在作夢,忍不住揉了揉眼睛。

「你什麼時候來的?」

「出去吧。」

突然沒頭沒腦的是要去哪裡?我剛洗完臉出來,他就叫我決定目的地。我為什麼要啊?

「因為我不知道位置。」

「你要去哪裡?」

「澡堂。」

什麼澡堂……我想起來了,難道是有猴子壁畫的那間澡堂?我為什麼要浪費時間去澡堂看猴子?這麼反駁之後,他告訴我,我們多的是時間。喔,對,如果我沒工作,這小子也跟著沒事做。

心情真微妙。過去每天穿著西裝上班奔忙的尹傑伊,現在只穿著一件襯衫和牛仔褲,一早就閒閒沒事跑來找我。當然,我並不想去猴子澡堂。而他看著我抗拒的表情,開口提議道。

「那我之後也帶你去我小時候生活的地方。」

我被這個提議誘惑,一不小心答應了他的要求。畢竟我真的很好奇,尹傑伊是不是從小就是神經病。於是我睽違二十年來到猴子澡堂的門口,然而它已經消失了。這也是理所當然吧，畢竟已經過了二十年啊。儘管不怎麼懷念，但記憶中的地點不復存在，還是不免感到有些可惜。

「真可惜。」

尹傑伊這麼咕噥。他露出比我還失望的眼神，望著開在澡堂位置上的餐廳。他的樣子讓我稍微有點感動，原來他那麼想了解我？

「應該把猴子壁畫拍下來存證，才能在你一百歲記憶模糊的時候繼續消遣你。」

神經病祝我長命百歲，這該死的小子。

「等我活到一百歲，就算不記得其他事情，也絕對不會忘記揍你。」

他噗嗤一聲，彷彿在嘲笑「你一百歲還有辦法贏過我嗎」，讓我的心情瞬間差到了極點……應該能贏吧？

「澡堂沒得去了，你還有沒有害怕哪些地方？」

「如果有呢？」

「要好好保存下來，不讓它消失。」

「別人聽到還以為你是我的粉絲後援會會長呢。」

「我的確是。」

我傻眼地看著他，看來這小子失業後內心真的備受煎熬。架設那個神經病粉絲後援會網站的人，不可能是……嗯？我停下腳步歪頭思考，看見他在前方等待，便再次加緊腳步跟上。怎麼可能？不會吧？尹傑伊是個大忙人，哪可能浪費時間架設那種沒用的網站？

身穿高級西裝、開著名牌轎車、一天到晚對著手機和平板講話，再工作到焦頭爛額，這是他以前雷打不動的日常；而他現在居然像個遊手好閒的人，在平日穿著便服四處閒逛？連我都有點不習慣了。

「這附近有你知道的餐廳嗎？」

被他這麼一問，我才發現午餐時間已經過了。

「你想吃什麼？」

「你住在這裡的時候吃的東西。」

「我只在這裡住到國中，這附近只有小吃店跟漢堡店。」

他了解似的轉過身，又開始領著我往前走。

「要去哪裡？」

「漢堡店不就是彎進巷子前，那條大路上的連鎖店嗎？」

沒錯，那間店還在。雖然招牌和室內裝潢重新整修，卻依舊是同一間連鎖店。是說，他怎麼知道那間店一直都在？走進店裡的時候，我問他是怎麼知道的，他卻給了個我聽不懂的答案。

「我在地鐵上不是說過嗎？我對這個社會很滿意。」

「你說廣告支配人類的那段？」

「不，是資訊支配人類。」

資訊……難道他在調查我的時候，把這附近的店都翻遍了嗎？太扯了吧。

「你又不是閒到發慌，幹嘛連這種事都調查？」

「我是閒到發慌，畢竟我帶的藝人沒工作。」

「要不要幫你介紹漁船的工作，讓你忙到連睡覺時間都沒有？」

我的本意是想挖苦他，他卻討人厭地表示感激。

「那倒不錯，如果去到大海正中央，不管我對你做什麼，都沒人知道。」

跟這小子在一起，連海邊都不能去。我看著他起身點餐的背影，暗自下定決心。我站在他身旁環顧四周，平日白天冷清的店面一樓，只有我們兩個。雖然裝潢早已大不相同，店內的格局卻和以前一樣。

點完餐，將漢堡放進托盤，順勢走上二樓的階梯。這裡真的是我二十年前三天兩頭就會跑來的地方。我將托盤放到在窗邊坐下的尹傑伊前方，坐到他的對面。他好像真的肚子餓了，托盤還沒放好，就搶先拿起漢堡。

「你今天是想進行庶民體驗嗎？」

他咬下一大口漢堡，直盯著我看。

「這不是約會嗎？」

我愣了一下。尹傑伊已經咬下第二口漢堡，我依然愣在原地，連包裝都還沒拆開。

「什麼時候變成約會的？」

「如果不是約會，我幹嘛來一個對你有意義的地方、吃你以前愛吃的東西？」

「為了私下調查我啊。」

「我之前就調查完了。」

也對……究竟是什麼時候？

「什麼時候？」

「沒有任何一家公司會在不確定商品狀況是否完好的情況下開始銷售。」

商品啊……我剝開包裝紙，咬了一口漢堡。被視為商品或過往被公之於眾並不會讓我惱怒，畢竟我不希望被窺探的，並非調查就能知道的表象。

「既然你私下調查過我，應該早就知道我過去的種種行徑了，為什麼公司沒有趕我走？」

「你做的事又沒有什麼大不了的，何必那麼做？」

「我當過飆車族，還在貸款公司工作……」

看著他彎起的嘴角，我沒能說完自己的豐功偉業。他將最後一口漢堡塞進口中，再把包裝紙揉成一團。

「和目前夢想最紅的演員相比，你的過去已經是模範生了。」

可是夢想的社長還因此怪罪我耶？

「過去越不光彩，公司越喜歡，因為有把柄可以控制。反正演員的形象是我們打造的，即使過去的行徑曝光，人們通常更願意相信電視上的形象，所以無所謂。相較之下，自己真正想隱藏的東西才是問題。」

「什麼東西？」

「恐懼、自卑、懦弱，導致演員在必須踐踏對手往上爬的那一刻，忽然心軟的精神問題，畢竟這部分公司也無從下手。所以以前做過壞事，公司反而抱持正面態度，至少良心不會成為絆腳石。」

我咀嚼著漢堡，直勾勾看著喝飲料的他。

「你也有真正想隱瞞的東西嗎？」

他拿起薯條，盯著我看。

「想知道嗎？」

想知道。不過，開口時我卻猶豫了。如果請他告訴我，他應該會說吧。但那些黑暗和不能曝光的祕密，無論如何都不可能像吃漢堡一樣輕鬆訴之於口。至少對我來說是如此。所以我退縮了。就好似此前他在病房中，強迫我握住刀刃割開他的手腕，我強忍著莫名的懼意，故作輕鬆地回應。

「說吧，我會把你的弱點高價賣給敵人。」

「那我就得為了你，先殺死自己的敵人了。」

「為什麼是為了我？」

「那樣你才不會感受到背叛我的罪惡感。」

尹傑伊將兩根薯條塞進嘴裡。他沒有沾旁邊的蕃茄醬，應該是不太喜歡，家裡也沒有番茄醬。不過，他喜歡美乃滋。某天他在炒飯上淋了美乃滋，還嚇了我一跳。他好惡分明，那些番茄醬應該是為我擠的。

儘管如此，他依舊是個該死的傢伙。當面聽見他提起罪惡感，我既無法板起一張臉，也無法故作從容。前者是我承認自己仍為罪惡感所苦，後者則是長久的沉默讓我來不及裝作若無其事。然而更重要的是，我實在無法忍受他當面戳我的弱點。

「是嗎？那我不如直接把你幹掉，承受有可能成為絆腳石的罪惡感算了。」

「你還不知道我的祕密，應該不敢那麼做吧，因為你很好奇。」

我才不好奇，幹。我很想這麼回嘴，又沒辦法撒謊，於是只能咬緊牙關。

「真羨慕你，知道我的祕密，還可以當面消遣我。」

「就算沒有這件事，我也有許多把柄可以消遣你，看來這陣子可以好好利用你的罪惡感了。」他看著擺出一張臭臉的我，漫不經心地繼續說道：「覺得委屈的話，就克服你的弱點。」

「這不是克不克服的問題，我感受到罪惡感……」

——是在贖罪。

我必須加重內心的負擔，用痛苦來報復自己。拍攝幼稚園節目的製作人說得沒錯，比起別人，我應該更徹底地報復自己。要是克服了這點，就沒辦法贖罪了吧？

「這是我的問題。我會不高興，你別管了。」

「這也是我的問題。只要是高級美好的事物，你全部都不想嘗試吧？你在我家也要蜷縮在沙發上睡覺，一旦我展現出要金援你的跡象，就尖銳地開罵，而且約會也要來到這種窮酸的地方才覺得享受。」

「我從來沒有要求你也變得窮酸。」

「對，你沒有提出任何要求。」

「……」

「算了，無所謂，要求可以我提就好。但你連我的要求都不接受，不是嗎？所以你的罪惡感，勢必也會成為我的問題，真夠煩的。」

他嘴上抱怨，嘴角卻勾起笑容，眼中帶著令人毛骨悚然的冷漠。但我的殺氣應該比他還要強烈。這次我不打算退讓，即使要在冷清的漢堡店二樓和他大打出手也無所謂。

我想起演技課的講師先前說過的故事。他曾經參與過輔助人們進行心理治療的角色扮演情境劇，那是一段重新正視過去的痛苦、克服傷痛的故事。我忽然明白這小子為什麼帶我來這裡了。還敢說是約會？王八蛋。

「所以你為了解決自己的煩躁，大駕光臨來到我以前生活的地方？以為我正視自己的過去就能克服嗎？如果你要扮演精神科醫生，就去其他地方演。」

「如果我要扮演精神科醫生，早就把藥塞進你嘴裡，讓你成為聽話的傀儡了。」神經病冷漠地繼續說：「那樣好像也不錯。」

「你塞啊，我會拿刀捅進你嘴裡。」

「你試試看啊，說不定你越囂張，我越能做自己。」

「你以為你做自己我就會怕嗎？我說過好幾次了，你不要管我。你這傢伙的煩躁你自己解決。」

「我不是正在解決嗎？」

他上半身朝我湊近，嘴角的弧度更明顯了。

「我忍著煩躁享受與你的約會，多虧如此，現在還興奮起來了。」

這時，我才發現他眼中隱隱閃爍的欲望。不妙。他每次那樣盯著我，都會像瘋子一樣不管不顧撲上來，讓我根本招架不住。但他現在為什麼會有那種反應啊？我不甘示弱地咬牙。

「閉嘴，王八蛋。」

「正有這個打算。畢竟把你拖去廁所開幹也不太不需要說話。」

嘰咿。他將椅子往後推，顯然是真的想將欲望付諸行動。我握緊拳頭瞪著他。氣氛突然劍拔弩張，衝突彷彿一觸即發。就算真的大打出手，我也絕對不會屈服，反正不管怎麼做都無法讓神經病妥協。我是這樣相信的——直到我說出這句話之前。

「我發誓，我會纏著你不放，讓你一輩子寒酸到死。你會被一輩子纏著你不放的我活活煩死，王八蛋。」

那是發自內心的咒罵，是展開肉搏前、為了堅定鬥志憤而吼出的吶喊，是帶著強烈到足以形成嶄新人生目標的決心，是打算煩死他的詛咒。到底哪裡有問題了？是氣勢不夠嗎？是不是前後都應該加上髒話？

我尚未搞清楚原因，眼前就出現了意想不到的情況。他眼神中的殺氣漸漸消退，只見他背靠回椅背上，面無表情地坐著，過一會兒又忍不住笑了出來。那是和方才截然不同的笑容。不過，這種笑容顯然更討人厭。這一笑，凜冬肆虐的刺骨寒意瞬間化作春日溫暖的徐徐微風。我到底說了什麼，竟讓他如此開心？

『你說要一輩子煩他，他卻很開心？』

對。我正在向久未通話的前經紀人諮詢。究竟是那句話的哪個部分讓神經病的心情豁然開朗，我過了好幾天還是想不透。唯一能夠確定的，是在那之後，他整個人一直莫名地開心。

『不是因為其他事情？』

「不是，是因為這句話。」

『……究竟為什麼呢？』

這也是我這幾天的煩惱。看來其他人也搞不懂。

『啊，是不是你當時說話的語氣在撒嬌，像是『窩會一輩子煩著尼』？哈哈。』

「……」

『……咳咳，根本不可能發生那種事吧。難道他是M嗎?!』

「M？」

『受虐癖。就是喜歡被罵的那種癖好。』

「絕對不是，相反的話倒是有可能。」

『也對，我就知道是相反。哈哈……嗯？』

他的笑聲倏然一頓，進入了一段漫長的沉默。

「你到底想像了什麼？」

『想像？你當我是會隨便想像別人私生活的那種無恥之徒嗎！』

「我的心情更差了。」

『喂，你誤會了啦，我只是沒看過尹理事大發雷霆，才好奇他生氣起來是什麼樣子。』經紀人驚慌失措，趕緊繼續說道：『你不也知道嗎？尹理事生氣的時候反而會笑。』

當然知道，他的笑臉常常惹人厭。

『這才想到，有個人感覺和尹理事很像。』

尚未聽到名字，我便立刻想起了鄭義哲。

『你先前也在公司見過鄭義哲吧？他是蔡度相的經紀人，最近都和他一起行動。我因為工作的關係，遇見過他們兩三次，蔡度相似乎知道漢洙和你很熟，還特別要漢洙向你問好呢。他和你發生過衝突，那麼做也就算了，居然連鄭義哲都要我向你問好。我說你離開公司後我們就沒有聯繫了，結果他卻笑著說了一些奇怪的話。』

「他說什麼？」

『他說那他會親自向你問好。我問他是什麼意思，他卻笑而不答，只說託你現場經紀人的福，他很期待之後可以和你拉近關係。現場經紀人不就是尹理事嗎？不是說尹理事和他是同學嗎？』

我回答「是」之後，反覆回想著鄭義哲說過的話。之後可以和我拉近關係？

『他們搶贏了電影，又逼尹理事下臺，現在已經稱心如意了，但為什麼我還是放心不下？尤其是蔡度相，他顯然對你有所防備。你們之間發生過什麼事嗎？』

我的確想起了一件事——在開幕活動起爭執時，他最後一臉恥辱的樣子。在許多人面前顯露對我的畏懼，似乎令他非常窘迫。算了，無所謂，反正那小子並沒有直接影響到我。

『我聽蔡度相跟漢洙炫耀，他好像被劉江壽主演的大片選上了，還要演出地方電視臺的特輯獨幕劇，真不曉得他幹嘛那麼在意你。』

「劉江壽主演的電影嗎？」

『嗯，傳聞說那部電影的劇本很厲害。蔡度相飾演的配角雖然戲份不多，卻是在事件高潮登場、十分具有影響力的角色。』

那是我接獲試鏡邀約的角色。我試探性地詢問。

「地方電視臺是哪一間？」

我從他口中聽到了一個熟悉的名字。那不就是我花幾個小時前往，卻連製作人都沒見到的地方嗎？我忍不住笑了出來。原來是這樣啊。不過就算蔡度相刻意搶走我試鏡的角色，我也沒有生氣，這種幼稚行徑根本不值得在意。我真正在意的是另一件事。

『是說，撇開他向漢洙大肆炫耀不說，他的演技的確不錯。』

「……」

『喂？泰民。』

「不錯嗎？」

『他有一定的基礎。聽說他在國外讀完戲劇系之後，拜韓莉燕為師，看來沒有白學。』

明明不是多麼浮誇的稱讚，我卻有點不爽。

『對了，他這次好像也有出演K娛樂公司的電影。雖然不是主角，但上映日期敲定後應該會跟著跑宣傳。經紀公司似乎有心要捧紅他，已經發出一堆新聞稿了。他有韓莉燕當靠山，這些都是意料之中的事情，但至少他實力不差，不是虛有其表。』

和經紀人講完電話後，我默默瞪著手機。啊，突然討厭起蔡度相了。

「手機裡有什麼悲傷的故事嗎？幹嘛那樣盯著看。」

聽見有人在一旁呼喚，我抬起頭來，只見社長瞪大眼睛走了過來。我好不容易才忍住沒對他說「見到你就是悲劇的開端」。他看起來特別開心，依照過往經驗，這是接到工作的訊號。如果接獲試鏡邀約，就可以和神經病一起行動，所以他比我還渴望工作。果不其然，他抬起下巴，興高采烈地說道。

「接到工作了。」

你嗎？他至今為止接洽過的工作，就只有熟人開店舉行的開幕活動。這句話從不是行業相關人員的他口中說出來，令我莫名感到一陣不安。

「什麼工作？」

「有趣的工作。」

感覺不妙。神經病上次也說是一份有趣的工作，然後就把我帶到了幼稚園。

「什麼工作……」

「這個嘛，是製作人直接打電話聯絡我的。聽說如果不是大咖，通常是由助理製作人或企劃聯繫？泰民，你不是什麼大咖，製作人卻直接聯繫我，難道我入行不到一個月，就已經闖出名堂了嗎？啊哈哈！」

對話中夾雜著煩人的無用內容，但即使我憤而怒斥，也根本阻止不了他。更何況，旁邊還有個人一直瘋狂吹捧他。

「社長的存在感，在宇宙中也會發光發熱。」

店經理的馬屁拍得有點過頭了。不過，我注意到他手裡的東西，沒有用責備的目光瞪他。店經理手上正拿著好幾套衣服，見我緊盯著那些衣服，他便稍微將衣服舉起。

「這是今天要穿的衣服。」

什麼？這次的工作有那麼厲害？店經理雖然在我身邊擔任造型師，但他至今為止的工作就只有私下調查我身邊的人。可是他居然拿了衣服過來？社長似乎早就知情，對此展現出濃厚的興趣。

「喔，是這套衣服？」

「對，是夏峰特別送來的。」

夏峰不就是之前開幕活動的主角嗎？我不認識他，但聽說他是最近當紅的服裝設計師。店經理在幾套衣服當中，拿起袖口和胸襟有黑色條紋的襯衫。

「這件衣服感覺很適合。」

我不知道自己穿起來合不合適，但這套衣服看起來簡潔俐落，我的確滿喜歡的。只是，有個部分我不得不提出疑問。

「衣服好像太大件了。」

聽我這麼一說，兩人低頭看了看衣服，同時搖了搖頭。

「不會啊，我們家傑伊穿起來剛好合身。」

「是的，這是尹理事的尺寸沒錯。」

「……」

我忽然想起了在幼稚園讀到的童話故事。像灰姑娘和黃豆娘[14]這些主角會有福報，都是有原因的。光是受到這種差別待遇，我就想拿刀出來砍人了，她們居然能默默撐過各種虐待和試煉？就算不是童話故事的主角，她們也會修練成佛，被寺廟供奉吧。

「夏峰好像在開幕活動見過尹理事，特別提起尹理事的名字，希望他穿自己設計的衣服。」

「那場活動有那麼多知名藝人出席，他居然特別選擇了傑伊？哈哈，真是的，他比

14 《黃豆娘與紅豆娘（콩쥐 팥쥐）》為韓國著名傳統童話。故事內容講述長期遭受繼母虐待的黃豆娘受到仙女幫助參加宴會，卻被繼母的女兒紅豆娘害得落水溺斃。最後，黃豆娘奇蹟般復活，從此過著幸福快樂的生活。

藝人還亮眼真是太糟糕了，對不對？」

他那麼說著，同時上下打量著我這個不亮眼的藝人。我並不在意那個夏峰還是什麼峰的有沒有被神經病迷住，我在意的只有一件事。

「我的衣服呢？」

「衣服？你不是已經穿在身上了嗎？」

穿在身上。我身上正穿著已經穿了兩天的牛仔褲和T恤。好吧，算了，這也是衣服沒錯。就在我準備放棄的時候，比藝人還亮眼的人走了進來。神經病一出現，社長立刻小跑過去，開心地向他展示店經理帶來的衣服。不過，神經病只瞟了一眼，就繼續走向我。

「你聽說了吧？要和製作人面談。」

我看見一旁遭到無視的社長垂下肩膀。放在之前，我可能會想辦法讓他加入對話，但這次就算了吧。

「不是參加演員試鏡嗎？」

「是綜藝節目。」

「這次該不會要教小學生跳繩吧？」

「的確有可能要再跳繩。」

什麼？我知道這小子不會拿工作開玩笑，忍不住瞪大眼睛看著他。那是什麼意思？我還來不及詢問，遭到無視的社長便插嘴道。

「也對，感覺他會的就只有跳繩，說不定真的得跳。」

「經紀人，不是的，泰民還有其他專長。」

店經理站出來為我說話。

「從泰民的過往看來，他在恐嚇威脅、耍刀、各種髒話及人身攻擊方面頗有一套。」好吧，這是我的報應。是我不懂得珍惜前經紀人對我有多好，現在身邊才會充斥著這種人。最氣人的是，就連應該站在我這邊的人，也積極參與這場對話。

「真有眼光。他說不定有個專長是討債小訣竅，如果用這一點來吸引製作人，他一定會非常喜歡。」

到底是哪個發瘋的製作人會喜歡那種事？又不是用來炫耀自己個性很差的節目。

「越卑鄙、越差勁、個性越差，我們越歡迎。我們正在尋找這種來賓，認為李泰民先生非常適合。」

自稱「申製作人」的，是個年約四十歲出頭的中年男人。先不說他華麗的襯衫和反著光的油性肌膚，他連眼珠都亮得像是泛著油光，相處起來莫名給人一種無形的壓力。此刻我身處的地方是最近很紅的有線電視臺，而申製作人是外包製作團隊的負責人。

「我看過新聞了，你以前滿會混的嘛？哈哈，你若繼續過那種生活應該也會混得不錯，怎麼會跑來這一行？應該只能一直跑龍套吧？」他陰險地笑著，自問自答：「啊，對了，夢想的尹理事不是你的愛人嘛？但他好像被趕出公司了？所以你們分手了？」

「……」

「幹嘛這樣？告訴我嘛，你是不是自己想紅才去巴結尹理事？我會幫你保密的。」

他的耳朵朝我湊近，一陣濃郁的古龍水味撲鼻而來。這個人真的是製作人嗎？我望向他背後玻璃的另一側，把我和這傢伙塞進這裡的神經病，正在外頭和另一個上了年紀的男人交談。看路過的人紛紛和男人打招呼，他的地位應該不低。這時，唰一聲，拉簾從玻璃上方降下，站在窗戶前面的申製作人抓住拉簾的繩子，露出油膩的笑容。

「就算你迷戀愛人，我們還是要先把工作談完。」

「剛才不是一直在談論我的私生活，根本沒談到工作吧？」

「哎喲，這是對決實境節目，談私生活就是談工作啊。」

對決實境節目。我根本不知道這個節目在幹嘛。比起在綜藝節目成為主角，我寧可飾演電視劇或電影裡連一句臺詞都沒有的小小龍套。

「原本預計兩個月後才要開始拍攝，但目前正在播的節目突然出了問題，檔期被空了出來。你應該有聽說吧？主持那個節目的搞笑諧星ＸＸ在網路上賭博被抓。其實也可以找其他主持人來頂替，只不過……」他突然壓低聲音，「那個節目還有其他人也涉入其中。ＸＸ倒楣被抓，其他人卻僥倖逃過一劫，要是他們還繼續錄製節目，內心也會過意不去吧？更何況其中一個人就是讓ＸＸ接觸賭博的罪魁禍首。因此，所有製作班底都退出節目了，這個大好機會便降臨在展望未來、早在幾個月前就籌備好節目的我們身上。」

他終於結束一長串自吹自擂。此時此刻，我只覺得他是個大嘴巴又油腔滑調的人，但他接下來說的話，卻讓我不再那樣想。

「大家都說我非常走運，但我對那種說法非常不以為然。運氣也要靠自己創造，不是嗎？你知道外包人員有多麼膽戰心驚、如履薄冰嗎？不知道什麼時候可以接到工作，就算機會真的找上門，如果收視率慘不忍睹，也不知道什麼時候就會丟掉工作。可是，我總不能把一切交給運氣吧？如果想讓電視臺播出我的節目，就得自己創造機會。XX賭博被抓是很可憐，但誰叫他要那麼高調？看見別人的弱點就想加以利用，這不就是人性嗎？嗯？」

這個人真奇怪。他的意思是，向警方告發賭博案件的人就是他本人囉？申製作人高談闊論了一番，直到看見我的表情，才恢復陰險的笑容。

「我相信每個人都有本性陰險狡詐的一面，差別只在是否被人察覺。我的節目正是要透過對決，讓來賓自然展露本性。畢竟現實生活中存在許多限制，本性這種東西不容易顯露出來嘛？所以我想讓觀眾藉此體驗一下。」

「你認為我也會顯露本性？」

他用力點頭。我看著他，冷漠地說道。

「那就是你看走眼了。你似乎是因為我的過去才選擇我，但我現在已經不過那種生活了。現在的我和當年不一樣，已經懂得控制本能了。」

「沒有啊。」

「什麼？」

「你在李夏峰的品牌開幕活動上訓斥蔡度相的時候，看起來是依舊無法控制的樣子。」

他當時也在現場嗎？他笑咪咪地露出狡猾的眼神。

「你在這個節目的對手就是蔡度相。他已經簽了約，並表示你來的話他會非常高興。喔，當然，你們也已經簽約，承諾會上節目了。」

嗶，嗶，嗶，嗶……按下大門密碼的手顫抖著。可能是這個緣故，門沒有開啟。儘管時隔許久回到這裡，但我不認為密碼會改變。我咬牙強迫自己冷靜下來，再次輸入密碼。這次門發出嗶嗶聲，順利打開了。門一敞開，我立刻衝進神經病家裡。不用找太久，就發現他在書房工作。

「你幹嘛擅自決定我的工作！誰說要上那種節目了？」

我聽完申製作人的謬論，走出房間的時候，神經病已經離開了。現場只剩下因參觀電視臺而興奮的社長，以及用鷹眼掃視著要私下調查哪些人的店經理。反正所有決定基本都是神經病拍板，對他們兩個發火也沒用。這一切一定都是尹傑伊的傑作。

「如果你想對鄭義哲或韓莉燕復仇，你就自己去，不要把我牽扯進來，王八蛋。」

然而，我怒不可遏的飆罵似乎只是徒勞，只見神經病抬起手指，示意我稍等，便拿起震動的手機。接著他開始用我聽不懂的英文交談，而且這通電話持續了非常久一段時間。一分鐘、三分鐘、五分鐘過去，我的怒氣已不知不覺平息下來。

隨著憤怒消滅，令人頭昏腦脹的的熱意也逐漸減退。就這樣過了一段時間，我反倒恢復平靜，終於可以冷靜地看著神經病了。儘管不知道對話內容，但電話掛斷前，他臉上泛起了淺淺的微笑，看來事情相當順利。媽的，就連這點也很討人厭。他的手機一離開耳邊，我立刻開口。

「我不要上那個節目。」

「你沒有選擇權。」

「怎麼會沒有？看是要付違約金還是吃上官司，我只要撕毀合約走人就行。」

「不，你走不了。」

他靠在椅背上，仰頭望著我。

「我會利用你的罪惡感，想盡辦法逼你去上這個節目。」

罪惡感。這個詞已經令我厭煩了。

「幹，你別搞錯了，我的罪惡感只對我弟……」

「要是你拒絕上節目，我打算封殺你的前經紀人和漢洙，也會和愛麗絲的社長斷聯，讓他這輩子再也見不到我，然後隨便捏造一個罪名，把店經理送進監獄，再讓你待過的那間宅配營業所關門大吉。除此之外，我還會拋下一切財產和地位，像白痴一樣追著你。啊，還是你要再割一次我的手？」

他的聲音夾雜著輕浮的笑意。我理應對他發火，後頸毛骨悚然的寒意卻扼住了我的喉嚨。利刃不祥的寒光倏地自腦海閃過，令人不適的殷紅瞬間將我拖回那一日的病房。不消片刻，一股挫敗感便將我徹底籠罩。想來這小子以後也會繼續抓著我的弱點來控制我，讓我又是一陣莫名恐懼。這不是愛不愛的問題，而是他與生俱來的本性。我不得不承認，自己並沒有他那般殘忍。

「到底為什麼要我上這個節目？」

「我要利用你，向鄭義哲和韓莉燕復仇。」

「我沒心情跟你開完笑，我在問你為什麼，幹。」

他面無表情地看著我，反問道。

「你為什麼不想上？」

「因為我只想演戲。」

「去幼稚園的時候，你不就乖乖配合了？」

「那只有一次啊，這個節目不是要播一個月嗎？不，更重要的是，我不喜歡這份工作。我討厭申製作人，也討厭和蔡度相跟鄭義哲有任何糾葛。」

「你哪時候會依據喜好挑工作了？」

「……」

「你幸運地飾演電視劇配角、累積了一些知名度，就認為可以做自己想做的工作了？」

他起身走到我面前。

「還是你想借助我的力量，只做你想做的工作？」

絕對不是。我想否認，卻感覺那是窩囊的狡辯。他坐在書桌邊緣，配合著我的視線高度。

「K娛樂公司拚命想捧紅蔡度相。最近那小子一天就有好幾篇新聞。蔡度相上的節目，K娛樂公司一定也會大肆宣傳、廣發新聞稿。你不用動半根手指，就能乘著那股浪潮扶搖直上，這是你這種小小配角提升知名度的最佳機會。而且製作人不是很喜歡你嗎？」他對著依舊不說話的我強調：「反正憑你現在的演技，也接不到像樣的角色。」

「所以我才想認真學習，按部就班準備。」

「情況不會因為你在練習室耗費幾年就會有所改變，反而可能導致你根本沒機會展現磨練後的實力。到時候你如果想上電視，要去的就不是幼稚園，而是要到托兒所幫忙換尿布了。」

沒有任何冷嘲熱諷，他的語氣一派輕鬆，如同在說「你的未來可想而知，根本不需要嘲笑」。不過，我對這種說詞向來無感，即使他說我的未來會更糟，我也並不害怕。那小子大概也知道這種話不會令我動搖，真正的嘲諷現在才剛要開始。

「當然，被罪惡感束縛的你一定不害怕未來變得更糟。不過，這才是真正的偽善。你只是嘴上說著贖罪，最後還是只挑自己想做的事情做。如果你真的想懲罰自己，就應該去做你討厭的事，而不是演戲。」

所以要我上綜藝節目？我再次瞪向他。

「你這麼為我的罪惡感著想，我應該向你行禮道謝嗎？」
「當然要囉，因為你沒做出我希望你做的事情。」
「你想要我做什麼？」
「什麼都不做，在這裡當標本。」
怎麼有這麼厚顏無恥的傢伙？我無言到忍不住笑了出來。
「怎麼不乾脆說你想挖出我的眼球，放在口袋把玩？或是直接塞進耳朵？」
「塞不進去。」
有別於我的憤怒，他平靜的反應害我更為火大。我幾乎是翻著白眼在嗆他。
「如果塞得進去，你會塞嗎？你直接塞進鼻孔堵住呼吸好了，幹。」
看著他嘴角微動，即將勾起討人厭的笑容，我忍不住粗魯地開口。
「不准說塞不進鼻孔。幹，鼻孔有彈性，一定塞得進去。你這個王八蛋要是把我的眼珠塞進兩邊的鼻孔，像個發瘋的英九[15]到處打轉，人們一定會鼓掌叫好。」
那瞬間，他原本上揚的嘴角停住了。接著，他撇過頭迴避了我的目光，忽然深吸了一口氣。正當我感到納悶時，聽見了他咕噥。
「靠，太傷自尊心了。」
自尊心？自尊心被傷到體無完膚的是我，你怎麼賊喊捉賊？神經病認真對著錯愕的

15 英九是一九八〇年代因韓國喜劇節目而爆紅的角色，特色是呆呆笨笨的行為。在一九八〇至一九九〇年代，韓國人若要形容某人呆笨，常會說「真像英九」。

我說道。

「你剛才很好笑。」

「哪個部分？鼻孔嗎？」

他再次咬緊牙關，雙眼甚至緊緊閉了起來。直到這時，我才知道他在憋笑，這讓我更加匪夷所思了。

「到底哪裡好笑了？我說要把眼珠塞進你的鼻孔，你居然笑得出來？」

「別鬧了。」

「你才別鬧了，看來你真的準備了駭人的計畫，要把我做成標本？一旦你把我的眼珠塞進自己的鼻孔，就會立刻窒息而死。我是在認真警告你，以免你真的變成發瘋的英九。」

不過，我認真的警告並沒有任何效果，神經病反而大笑出聲。看著他捧腹大笑，我憤怒的指責瞬間成了一場笑話。然而我只能看著笑得無法自拔的他，什麼都做不了。

「中製作人？中世龍製作人？」

睽違許久才再次碰面的前經紀人驚訝地瞪大雙眼。今天是電視劇播出完結篇、順便一起慶祝的日子。因為電視劇創下超乎預期的超高收視率，電視臺決定在飯店的宴會廳舉辦慶功宴。

據說現場宛如替年事已高的會長舉行壽宴一般，中間有一座巨大的冰雕，甚至還請來知名諧星主持，逐一介紹製作團隊和鼓掌致意，氣氛相當溫馨。

宴會廳只招待飾演主要角色的演員、電視臺與發行商的高層和資深工作人員而已，其他人基本都在這間烤腸店烤著大腸，而小配角或臨演甚至沒有收到邀請。

有趣的是，地位和我差不多的演員都受邀前往飯店，只有我收到了烤腸店的地址。算了，無所謂，反正烤大腸也比較好吃。特地過來見我的前經紀人一坐下，就不讓我有開口的機會，滔滔不絕地說著。

漢洙快到了、這陣子公司發生了哪些事、少了尹理事一群蝦兵蟹將就開始囂張等等。他說完一堆我不感興趣的話題，才詢問「對了，你最近過得怎麼樣」。不過，我還是沒機會回答。有個人從角落走了過來，加入了其他人敬而遠之、正在喝酒的我們這桌。

「只有這裡有位子耶？」

是趙賢。即使準備坐下，他依舊不停左顧右盼。看來他也是戲份不多，所以沒有受邀前往飯店參加慶功宴。

「前輩，你一個人來嗎？沒看見尹理事耶？」

神經病不在。他好像要處理美國的重要事情，去了某個地方。我仰望著準備坐到我身邊的趙賢。你幹嘛坐這桌？觀察力敏銳的他看出了我的意圖，對我淺淺一笑。

「前輩可怕的新經紀人和造型師不在這裡，我可以坐吧？」

對，那兩個人也不在。他們起初還和我一起待在這，卻從某一刻開始不見人影。前經紀人好像也突然開始好奇了。

「被你這麼一說我才想到，他們兩位去哪裡了？」

趙賢說出了答案。

「他們在飯店的宴會廳玩得非常盡興。」

他轉述這令人無言的消息後，終於準備坐到椅子上。我看著他，用眾人都能聽見的音量咕噥。

「原來是這樣，難怪他們交代我只能坐在這個監視器拍得最清楚的位置喝酒。」

趙賢立刻站起身，坐去了距離較遠的對角線的座位。

「啊，我對李泰民前輩一點興趣也沒有，我要坐在這裡！」

在他對著監視器胡言亂語的同時，我向前經紀人詢問了申製作人的事情，而他露出了我意料之外的反應。

「是申世龍製作人對吧？啊，原來申製作人去外包公司了。也對，他已經離開電視臺好幾年了，但要重新開始做節目應該不容易吧。」

為什麼不容……

「為什麼不容易？申世龍製作人是誰？」

趙賢加入話題，搶先問了我想問的問題。

「一個因為不光彩的事情離開電視臺的人。」

「那個人也偷偷跑去夜店鬼混被抓包，還跟高層槓上嗎？」

我開口詢問後，趙賢前傾的上半身立刻退了回去，沒聽懂我意思的前經紀人則一頭霧水地搖了搖頭。

「不是，比起槓上，應該說是被趕出去才對。他的能力真的很強，就是作風有點問題……你們知道XXX和XXXX節目吧？那就是申製作人負責的。」

「喔？當然知道，不就是前幾年在週末播出的綜藝節目嗎？聽說收視率也很高呢。」

前經紀人說的節目，連我也略有耳聞。就連當年不看電視的我也覺得耳熟能詳，看來真的是熱門節目。

「既然他能力這麼強，為什麼會被趕出來？還沉寂了好幾年？」

「那是因為——」前經紀人左顧右盼，壓低聲音，「他吸毒被抓到。」

吸毒？自己引起了那種爭議，還好意思嘲笑某個諧星因為賭博而離開節目？

「我記得他有被判刑。但上訴之後獲得緩刑，只待在監獄待了幾個月就出來了。」

「哇，我在這一行聽過各種千奇百怪的故事，卻頭一次聽到公共電視臺的製作人因為吸毒被判刑。」

前經紀人提醒趙賢小聲一點，同時舉起酒杯。

「他能力真的很強，雖然過去做過不好的事，但其實……」

「不只是不好吧，他可是吸毒了耶？我在這個圈子聽過最多的忠告就是絕對不可以碰毒品。畢竟那是一旦沾上就再也戒不掉的噩夢。」

「對，問題就出在戒不掉。雖然少見，但還是有人勒戒成功。」前經紀人這麼說著，同時偷瞄我。「申製作人的實力真的沒話說，你可能多少會在意他的過去，但他也是有苦衷……」

「我不在意，畢竟我自己也沒好到哪裡去。」

「那你會上節目吧？」

前經紀人興奮地詢問。我盯著他，他便尷尬地笑了笑。

「你大概不太情願，但在我看來，那是非常棒的機會。你是演員，單純演戲當然也很好。一般來說都是從小配角開始，慢慢累積經歷，但那並不代表其他方式就是旁門左道。如果想拿到角色、累積經驗，多多曝光也十分重要。」

他和神經病說了類似的話，不過那小子的說法更討人厭就是了。默默在一旁聽著的趙賢低聲插嘴。

「我的想法正好相反。對手不是蔡度相嗎？K娛樂公司最近在力捧他，如果他是主角，泰民前輩就會淪為配角吧？既然關鍵字是對決，最糟糕的情況，是前輩有可能變成壞人。雖說名義上是實境節目，其實都是有劇本的，那樣只會破壞前輩的形象，導致觀眾誤以為那是前輩的真實樣貌。」

他一本正經地看著我和前經紀人，我們卻直接轉頭，拿起筷子夾起眼前的食物。

「嗯？怎麼了？我說錯了嗎？」

趙賢慌張地詢問，但我只顧著吃烤大腸，前經紀人則是灌下一杯酒。我不想回答，前經紀人則是懶得回答。因為他的問題，答案不用想也知道。趙賢一直在旁邊喊著「怎麼了怎麼了」，前經紀人才終於無奈開口。

「你說得沒錯，節目會以蔡度相為主，泰民也可能淪為壞人、被破壞形象，但上節目還是對他比較有利。」

「為什麼？」

「因為這是尹理事的安排。」

「……」

片刻過後，趙賢也加入了我們的行列。默不作聲吃了好一陣子之後，趙賢冷不防迸出一句。

「尹理事居然這麼受兩位信任，真是了不起。」

「嗯，對。」

「絕對不是。」

同時回答的我和前經紀人，展開了一陣眼神交鋒。前經紀人率先攻擊我。

「阿賢說得沒錯，你不就是因為尹理事過往展現的能力，才無條件相信他的嗎？」

「不，並不是能力，而是因為他是個超級神經病。只要那小子出面，這件事一定不會朝著一般人預期的方向發展。經紀人也和我有同感吧？」

他吃了一驚，忍不住迴避目光。我夾起小菜紀念自己的勝利後，看見了一雙興致勃勃的眼睛。趙賢看著我露出笑容。

「沒想到『神經病』這個詞居然這麼有魅力。」

「那麼喜歡的話，你也可以當神經病啊。」

「絕對不行！」

前經紀人突然大聲反對。不是，他都說喜歡了，幹嘛阻止他？

「泰民，你太不小心了。」

「什麼？」

「神經病是你特別為尹理事取的愛稱耶。對，你一定是害羞，不好意思直接說出『我的愛』或『My Love』，所以依照自己的個性選了一個粗魯的說法，可是我知道，你叫他神經病的語氣中，藏著你對他的愛意。你怎麼可以隨便讓別人使用那個綽號？我誓死反對。」

這又是什麼神經病邏輯？

「因為那小子是神經病，我才會叫他神經病，哪是什麼愛稱……」

「說得也是，感覺真的很有愛。」趙賢在一旁點頭。「特別是你叫他超級神經病的時候，帶著一種強烈的感情。」

我要讓全世界知道他是個超級神經病，怎麼可能不帶任何感情？不過，兩人不理會我的意見，認定了神經病就是我專門用來稱呼尹傑伊的愛稱。宣揚那小子真的是神經病的機會再次消失，我憤怒地拿起整瓶礦泉水猛灌幾口。

「嗯？泰民哥，你怎麼喝水喝成那樣？」

才聽見漢洙的聲音從一旁傳來，他便一屁股坐到我身旁，嘆了口氣。

「可惡，我也好渴喔，分我一點水吧，哥。」

你渴什麼渴？他灌了一堆水，一本正經地看著我。

「哥，聽說你要和蔡度相一起上有線電視的對決實境節目？唉，那傢伙現在處心積慮要讓你上節目。聽說形式已經確定了，他還聽製作人和企劃講解了節目走向和細節。這種節目本來就會設定一方善良、另一方邪惡，藉此拉抬收視率，而你一定是邪惡的一方。」

這些話我已經聽趙賢說過了，所以一點都不驚訝。見我平淡的反應，漢洙轉而央求前經紀人。

「經紀人，你勸泰民哥不要上那個節目，好不好？要是他去了，真的會形象全毀。」

前經紀人只是默默喝酒，瞥了我一眼。漢洙鬱悶地反覆說著同樣的話，趙賢卻從旁制止。

「聽說那是尹理事的安排。」

「尹理事？他現在又沒有實權。蔡度相有韓莉燕當靠山，還有K娛樂公司力捧耶。上那個節目，對哥沒有任何好處……」

「如果有，就可以上了嗎？」

忽然聽見神經病的聲音，大家各自展現了不同的反應——趙賢發出「哇」的無聲讚嘆；漢洙被嚇得張大嘴巴愣在原地；而前經紀人算是唯一一個發出聲音的人。

「咳咳！咳！咳！咳咳，咳咳——！」

他喝燒酒嗆到了。在鬼門關前走了一遭，他一復活便立刻站起身。

「我可以一起嗎？」

神經病一問，漢洙和前經紀人立刻將隔壁桌和空椅子拉過來，火速安排了根本不必要的座位。趙賢似乎覺得這種情況很有趣，直勾勾地盯著我們看。

「理事這個職位果然了不起。即使辭職了，依然能讓大家緊張、享有這種待遇，真令人羨慕。」

這時我才意識到，原本鬧哄哄的烤腸店已然安靜了下來，所有人的注意力都集中在這裡。

「你搞錯了。」

神經病坐到我身邊，隨口回答。趙賢嘴上說著「怎麼可能」，眼睛一邊看向周遭。

「你們看，大家的目光都聚集在尹理事身上。」

聽見那番話，神經病轉過身，毫不遮掩地掃視人群。和他對到眼的人紛紛被嚇得轉身，假裝自己若無其事，場面頓時變得一片混亂。

「真的是你搞錯了，沒人看我啊。如果有的話，應該是在看你吧。」

「我？為什麼要看我？」

「你仔細回想看看，你是不是曾經在網路上PO過引起人們興趣的東西？」

趙賢立刻閉上嘴巴。我突然開始好奇了，他過去到底在網路上PO了什麼，才會露出那種反應。搞不清楚狀況的漢洙和前經紀人只是一臉茫然，雙手交疊、安安分分地坐在神經病面前。現場陷入一陣尷尬的沉默。神經病已經不是上司了，兩人卻依舊不敢與他對視。眼下就只有我敢開口問道。

「你說『有就可以上』是什麼意思？」

「字面上的意思，有好處。」

「可是——」插話的漢洙被自己的聲音嚇到，乾咳了一聲才繼續說，「那個節目根本就是在捧蔡度相啊。」

「就算再怎麼捧，有些東西還是無法造假。」

「什麼東西？」

「對決結果。」

簡短說完的他，拿起我只是基於禮貌斟滿，卻始終沒喝的燒酒，一口氣灌下肚。只說了一句莫名其妙的話就開始喝酒，到底是什麼意思？我皺著眉頭，大家卻只盯著神經病看。這小子才應該上電視吧，這麼擅長吸引眾人目光。即使我們都在看著他，他仍神情自若地放下酒杯，隨後才緩緩開口。

「人們比較容易記得贏家，就算再怎麼垃圾，成為贏家的瞬間也會變得燦爛耀眼。」

獲勝的垃圾。在節目開始拍攝時，這句話不斷在我腦中迴盪。因為神經病的一席話，在場三人立刻熱血地高喊「打倒蔡度相」，而其中拍攝過程中需要旁人協助這句話尤其關鍵。對決居然還需要旁人幫忙？漢洙彷彿化身對決的主角，磨刀霍霍誓言拿下勝利。

我雖然沒有磨刀霍霍，卻也想成為獲勝的垃圾。不過，就只是這樣而已，我並不打算豁出性命換取勝利——直到首次拍攝的前三十分鐘。為了這天的拍攝，我提早幾小時來到有線電視臺等待。後來，聽說製作人找我，我才跟著工作人員走過電視臺的走廊，停在某個房間前面。

「你先到裡面等，製作人待會就會過來。」

工作人員只留下這句話就迅速離開。究竟發生什麼事了？製作人居然單獨約我見面？我感到有些訝異，但還是走進空房間坐下。不到幾分鐘，門就再次打開了。我基於禮貌站起身，卻又倏然停下動作。進入房間的人對我露出笑容。

「好久不見了吧？」

鄭義哲關上門，走到我面前。我似乎露出了不耐煩的表情，見狀，他主動開口解釋。

「你和製作人約見面了吧？在那之前，我有些話要告訴你，所以就先過來了。畢竟你的經紀人在場的話不太方便。」

「我和你無話可說。」

「我一定要說，因為和節目有關。製作人馬上就會來通知你這件事了，你先坐吧。」

他伸手指向椅子，我盯著他看了一會兒，才重新坐回椅子上。如果他敢講廢話，我就要拿椅子砸他。

「第一場對決是你先選對不對？今天就會公布了，我可以問你選了什麼項目嗎？」

「你問吧，因為我不會回答。」

他「哈哈」笑了幾聲，對我彎起眼睛。

「那讓我猜猜看。你擅長活動身體，應該會選擇運動吧？而且大概不是球類運動。你擅長格鬥嗎？拳擊？跆拳道？」

「不管你怎麼問……」

「喔，跳繩。」

「……」

「是跳繩對嗎？」

沒錯。我本來真的想選跳繩。這小子怎麼知道？我想跳繩的事，只有我們這裡的幾個人、負責的製作人和企劃知道……啊，製作人。是製作人叫我來這裡的吧？還沒開始錄製節目，我就清楚預見即將發生什麼事了。而鄭義哲更是證實了我的想法。

「但跳繩太無趣了，精彩的片段也不長。你要不要選擇其他對決項目？製作人說不定也和我有同樣的想法。」

「但你不是製作人吧？我會和製作人討論。」

「運動固然好，但你和度相都是演員，要不要進行演技相關的對決呢？可以選擇背劇本之類的。」

他無視我的話，自顧自作出決定。我的心情瞬間變得極差，那怎麼看都不是他一個人的想法。

「製作人也偏好背劇本嗎？」

他笑而不語。雖然知道上節目就是不斷遭受陷害，實際被擺了一道，還是沒辦法坦然接受。

「製作人要顧及立場，由你親自提議改成背劇本應該會比較好。」

「不要再拐彎抹角了，你知道我不會乖乖聽話，早就有所準備了吧？」

「你果然很機靈，這點我真的很喜歡。」

「你廢話真多。」

我嗆了他一句，卻沒有任何效果。他反而眼睛一亮，更開心似的。

「因為我想和你多聊幾句。為了表示誠意，我要針對以前的事情向你道歉，我聽說度相在李夏峰的品牌開幕活動冒犯到你了。」

「他沒有冒犯到我。」

「不，他就是冒犯你了。嚴格說起來，那也是我的錯，是我沒有對度相說清楚，他才會不小心說出你弟的事。」

沒有說清楚？我早就隱約猜到蔡度相不是透過新聞報導，而是從其他管道打聽到我弟的事，沒想到他的消息來源竟是眼前這個男人。

「你私下調查我？」

「這叫蒐集資訊。如果是感興趣的對象，想多蒐集一點對方的情報不是理所當然的嗎？」

我想起了喜歡蒐集資訊的某人，還有那小子說過的資訊支配、廣告什麼的。不討喜的人都有這種共同特徵嗎？

「不過就算是我，也很難對度相開口說出李漢洙先生遭到殺害的事。度相不知道那件事，請你諒解。」

所謂的時間真是可笑。儘管他說出的是我弟的名字，我腦中最先想起的卻是現在老是跟在我身邊碎碎念的漢洙。

「如果要說出李漢洙先生遭到殺害的事，勢必得說明前因後果，那樣就得說出你不想聽到的部分了，所以我沒說。」

「我不想聽到的部分是？」

「因你而死的弟弟連學費都付不出來，打算自請退學的事？」

「……」

「啊，你果然不知道啊？我見過他的班導，聽說他連餐費都無法負擔，是老師替他付的。因為沒錢的關係，他幾乎沒有朋友，又因為年紀小沒辦法兼職，只能一放學就到願意雇用他的地方打零工。我也見過他的同班同學，雖然那個同學記憶中的李漢洙沒什麼存在感，但據說有個綽號叫乞丐。」

他笑著重複了剛才說過的話。

「你連這個也不知道嗎？哇，真是榮幸。我居然轉述了連你也不知道的、關於弟弟的珍貴回憶？我再告訴你一件事吧。他的同班同學說，幾個班上同學為了捉弄他，把垃圾堆在他的座位上說要送給他，結果他居然還跟人家道謝。從此以後，他就多了一個綽號叫垃圾桶。不過，那個綽號只維持幾天而已，因為當事人死了。」

我什麼話都沒說，既沒有皺眉，也沒有發火或是撇過頭。

「對你弟來說，那應該是一段悲慘的人生。校園生活過得不開心、家境貧寒、母親突然病倒，可以幫忙的哥哥又是個爛人。他一定覺得前途無望吧？所以你不用有罪惡感。」鄭義哲溫柔一笑，「你弟大概也覺得死了比較好過。」

我不知道自己此刻怎麼有辦法忍住衝動，不殺死眼前這個人。可能是僵硬的身體一直沒有放鬆，又或者太常被神經病戳中弱點，所以抵抗能力有所提升。

「我弟和更改對決項目有什麼關係？」

「關係可大了，有間電視臺正在準備關於貧困青少年的特別節目，希望透過得不到國家幫助的遺憾故事，說明現行法律有所侷限，社會救助網的建立刻不容緩。這裡不是正好有個適合的案例嗎？如果再加上悲慘的死法，你弟就是節目夢寐以求的戲劇化故事主角了。

「製作人想要以此撰寫劇本，再稍微改編一下。若要觸動人心，至少要加上被霸凌的元素吧？如果再稍微加油添醋，說他是遭到流氓哥哥家暴的受害者，應該會立刻登上熱門關鍵字第一名。到時候，弟弟的知名度就會超過哥哥了吧？」

他的語氣夾雜著低笑，如同刺耳的金屬摩擦聲，令人起了一陣雞皮疙瘩。

「不准牽扯到我弟。」

「這表示你會答應我的要求囉？」

來。

「背劇本有那麼重要嗎？」

「不，重要的是你的內心有所動搖和受到傷害，願意按照我的意思行動。」

他深入調查我弟，居然是因為希望我受傷？聽見這個原因，我的怒火反而平靜了下來。

「別誤會，我不是對你懷恨在心，但我還是希望你受傷、絕望到站不起來，只能癱坐在地板上。」

「為什麼？」

「因為你是尹傑伊的弱點。」

喔，對了，還有尹傑伊。我不知道自己露出了什麼表情，但鄭義哲聳了聳肩解釋。

「就算你說我卑鄙，我也無可奈何。其實我也不喜歡這樣威脅你，反而還很討厭這麼做。你大概不相信吧，我是真的很喜歡你，可是我們一直找不到尹傑伊的其他弱點。他雖然卸下理事職務跟在你屁股後面東奔西跑，卻反而過得更開心，讓我們實在摸不著頭緒。所以上面決定，一定要讓你悲慘崩潰。」

「別找藉口了。」

「被發現了嗎？沒錯，我真的很好奇要是你崩潰，尹傑伊會做何反應，所以我也參了一腳。」

到了這個地步，我竟然真的開始好奇了。這個人在第一次見面那天，就說我之後會感到好奇，如今真的被他說中了。

「你為什麼對尹傑伊這麼執著？」

「你終於對我展現興趣了，真開心。」

我還是不習慣應付這種類型的人。無論對方說了什麼都不受影響、僅是迎合自己心情的人。這小子似乎有備而來，我心想要取勝大概很難了，但也因此更想徹底擊垮他。

「如果要賣關子，就別說了吧，反正八成不是什麼冠冕堂皇的理由。」

「對，確實不是什麼冠冕堂皇的理由，只是出於我個人的好奇，算是對人類做的一種小實驗吧。」

實驗？簡直鬼話連篇。我緊盯著他，對他露出笑容。

「不愧是尹傑伊的恩人，真是新奇的藉口。我記得你成為他恩人的原因也挺新奇的。」

「……」

「啊，你還不知道原因嗎？」

面無表情的臉微暗片刻，又再次恢復笑容。

「『恩人』這個詞依然是很吸引人的誘餌呢。看來你和尹傑伊相處久了，也被他傳染故弄玄虛的毛病了。」

「我不管什麼故弄玄虛，只是替你感到可憐。你還在做實驗，尹傑伊卻已經從你身上學到了寶貴的一課，而你連他學到了什麼都不知道。」

我看著再次面無表情的他，站起身。

「我會跟製作人說，我想要改成背劇本。」

「李泰民先生。」

我準備踏出房間的腳步一頓，又回頭看他。鄭義哲站了起來，迎上我的目光。

「你不問我打算做什麼實驗嗎？」

「我已經不感興趣了。」

「為什麼？」

「想也知道。」我由下而上打量著他，繼續說道：「對某人過分執著，總是忙著嫉妒和羨慕別人，眼中看不見自己。這種人百分之百一個樣。可笑的是，他們同時也非常想獲得關注。明明自己也將關注放在別人身上，卻瘋狂想要得到別人的關注？所以你腦海中只有一個念頭吧？你想要獲得比尹傑伊更多的關注，不是嗎？」

我撇下沉默的他，走出房間。在走廊上沒走多久就遇見了製作人。與他簡短交談後，我本來想回到自己的休息室，卻感覺走道莫名變得有些陌生。我彷彿踏入了一座迷宮，不知道自己腳下的路將通往何處。

周圍的人群宛如迷宮不停變換的牆壁，讓我更加迷失了方向。就這樣茫然地前行片刻，我終於找到了出口——尹傑伊正和某人在那裡交談。我愣愣地站在原地，他的視線卻倏然精準地落在我身上。他對我笑了笑，只不過，笑容馬上就從他臉上消失了。他看著我，向對方說了一些話，便朝我走了過來。

「怎麼了？」

「我想要修理某個人，應該怎麼做？」

為什麼？對方是誰？原以為會被詢問原因，他卻只給出了我需要的答案。

「像現在一樣，做好你該做的事。」

「就這樣？」

他莞爾一笑。

「對。」

——《PAYBACK 04．上》完

NE029

PAYBACK 04・上
페이백

作　　者　samk
譯　　者　吳采蒨
封面設計　CC
封面繪者　Uri
責任編輯　任芸慧
校　　對　葛怡伶

發　　行　深空出版
出 版 者　深空出版有限公司
地　　址　臺北市中正區館前路 59號 9樓
電　　話　(02)2375-8892
傳　　真　(02)7713-6561
電子信箱　service@starwatcher.com.tw
官網網址　www.starwatcher.com.tw
初版日期　2025年 09月

總 經 銷　聯合發行股份有限公司
地　　址　新北市新店區寶橋路 235巷 6弄 6號 2樓
電　　話　(02)2917-8022

國家圖書館出版品預行編目 (CIP) 資料

PAYBACK04 / S A M K 著 . -- 初版 . -- 臺北市 :
深空出版有限公司出版 : 深空出版發行 , 2025.09
冊；　公分
ISBN 978-626-99609-4-1(第 4 冊 : 平裝). --
862.57　　　　114005666